Erinnerung aus meinem bewegten Leben vor und nach dem Trauma

von Leonardo Testa

Impressum

Copyright 2016, Leonardo Testa

Covergestaltung: Leonardo Testa

Alle Rechte vorbehalten.

In Memoriam Gisela Testa

Inhaltsverzeichnis

Impressum 2

Vorwort.. 7

Winter/Frühling 2014 - Das Trauma 9

Zwischen Diagnose und Tod: ca. 3 Monate..................................... 14

Trost und Beistand... 20

Die Lebensphase mit Gisela 23

Oliver, Giselas Sohn - Computerfreak und Freund 32

Meine Mutter und ein Geheimnis...................................... 35

Herbst/Winter 2014 - Sehnsucht und Suche nach Zweisamkeit.. 40

Der Pizzabäcker und die Lebensklugheit 47

Begegnung im Februar und erste Frühlingsboten....................... 51

Geben und Nehmen und Marias Entscheidung 61

Glückliche Kindheit und Internat 67

Marine - Zeit, Disziplin, dennoch unbeschwertes Leben 72

Meine Zeit in Rom - Begegnungen auf der Suche nach Spiritualität... 79

Lebensphase als Ordensbruder - Anfang 83

Erfahrung im Orden während meiner Zeit in Trier und Köln ... 87

Ein Tag als Ordensbruder. 92

Luxemburger Zeit, ein Phänomen und „alea iacta est" 93

Ordens Leben Adieu und Neuanfang.................................... 100

März/April 2015 - 1 Jahr nach Giselas Tod 105

Musik - Flamenco - Magie der „Noche Espagnola" 108

Juni 2015 Ruhestand - Zeit zum Neuanfang 111

Winter 2015 - Ordnung in mein Leben bringen 116

Vorwort

Dieses Buch erzählt Erlebnisse, Geschichten, Anekdoten und Begegnungen aus meinem Leben, und was ich daraus gelernt habe. Dazu nehme ich mir die Freiheit ein Traktat oder einen Exkurs über die Welt und die Religion zu geben, der nur meine Betrachtungsweise des Erlebten widerspiegelt. Teils pathetisch, teils lustig und teils todernst - so wie das Leben ist.

Erlebtes niederzuschreiben ist etwas Persönliches und Intimes. Es ist Teil der Trauerbewältigung, die mich zurzeit täglich begleitet und mich weiterbringt. Dennoch könnte es auch für Dritte interessant, spannend und gleichzeitig anregend sein, weil Begegnungen und Erfahrungen neue Erkenntnisse bringen - Erkenntnisse und neue Perspektiven eröffnen.

Da ich, Leonardo, ein Nachkriegskind bin, wird hier auch Zeugnis gegeben von der schnellen Entwicklung dieser Ära, die uns alle bestimmt und geformt hat. Eine Zeitspanne von Häusern mit Plumpsklo im Garten bis zu den heutigen Komfort-Badezimmern in den Hochhäusern - in eine digitale Welt.

Ich will berichten von Dingen und Menschen, mit denen ich zu tun habe und hatte, die mir bemerkenswert erschienen und darüber, was sich in den Jahrzehnten ereignet hat.

Es beginnt mit dem Heute, der Moment des Todes meiner Frau Gisela und reicht zurück bis zu meiner Kindheit.

Dazwischen Begegnungen und was sich ereignet hat im Hier und Heute.

Ich bin mir bewusst, dass ich mein Leben nicht so gelebt habe wie manche es wollten. Meine Eltern meinten es sicher nur gut mit mir, aber ich wollte nach meinen eigenen Vorstellungen leben und auch meine eigenen Fehler machen und daraus lernen. Ich war und bin immer noch kein Konformist, sondern individuell und bereit auf meine innere Stimme zu hören. Dies ist der Schlüssel für das Tor zur Freiheit.

Die innere Stimme spricht durch meinen Verstand im Einklang mit meinem Herz.

Die Beat- und Flower-Power Zeit begleitete mich durch meine Jugend und beim Schreiben wurde mir bewusst, dass ich in meinem Berufsleben im Dienst der Marine, der katholischen Kirche und der Gesundheit stand. Drei Bereiche, die in unserer Gesellschaft immer wieder im Mittelpunkt stehen und diese prägen: Entdeckungen, Reformen, Sparen und noch mehr. Diese Drei begleiten uns von der Wiege bis zur Bahre.

Winter/Frühling 2014 - Das Trauma

Es gibt immer einen Moment in dem wir getroffen werden und zu Boden gehen. Egal welches Trauma, es kommt unerwartet und wir reagieren mit Ungläubigkeit und Staunen. Dann begreifen wir… DIES ist die Realität mit und in der wir leben müssen.

Dieser Moment traf mich im Krankenhaus, Hand in Hand mit meiner Frau Gisela an ihrem Bettrand sitzend. Der schwere Schicksalsschlag - der Tod, den man nicht vorhersieht und niemanden davor bewahren kann. Der Tod von Gisela, meiner Frau! Er kam nicht unerwartet, aber trotzdem zu früh für Gisela - für uns. Doch niemand konnte Sie/mich/uns vor ihm bewahren.

Was tun, wenn der Verstand diese grausame Realität nicht akzeptieren will, das Herz sich wild gegen alle Vernunft auflehnt und schreit „Warum?"

Was tun, wenn das Gedankenkarussell sich nachts immer schneller dreht und du hoffst, dass auch diese Nacht bald zu Ende geht, damit du dich wieder mit deinem fast langweiligen Arbeitsalltag ablenken kannst.

Wir, Leonardo und Gisela, waren glücklich. Wir bauten alles gemeinsam auf. Lebten die Gegenwart, planten die Zukunft. Mit Vorfreude auf den bevorstehenden Ruhestand bestellten wir ein neues Auto. Dann die Diagnose - der erste Schock - die Hoffnung. Dann die Gewissheit - der Tod. Auslöschend - unfassbar.

Aus unseren gemeinsamen Träumen wird mein Trauma!

Der Boden unter den Füssen verliert sich.

Nichts wird mehr so sein, wie es war. Nichts wird mehr so sein, wie wir es uns gewünscht haben. Jede Faser meines Körpers zieht sich zusammen. Ich bin verkrampft. Der Schmerz und Schock sitzt tief. Ich hadere mit dem Schicksal, oder wie immer man das auch nennen mag. – im Guten, wie im Schlechten. Reicht es nicht irgendwann auch mal?

Ich registriere und begreife, was passiert ist. Mein Herz zerreißt... Ich weine... als Mann. Ich hatte bis dato kaum geweint.

Gisela fehlt mir wie die Luft zum Atmen. Einfach und doch kompliziert ist das Werden und Vergehen, auch wenn es Teil des Lebens ist. Mein Emotionales-Ich schreit hysterisch und verlangt nach der Erfüllung unseres Wunsches, zusammen alt zu werden;

Mein Verstand sagt, sie ist tot und kommt nie wieder. In mir tobt ein Krieg zwischen dem zerrissenen Herz und dem Verstand. Schmerz und Trauer vermischen sich, entfachen eine brennende Wut.

Wut gegen mich, gegen Gott, gegen Krankheiten, ich weiß es nicht. In diesem Moment sind alle meine mächtigen Feinde, die nur darauf lauern mich zu vernichten.

Hier beginnt die Trauerbewältigung - das Lernen resilient zu sein - die Akzeptanz - das Loslassen. Die entscheidende Voraussetzung von „Los lassen" ist Vertrauen. Ich vertraue darauf, dass mir das Leben genau das gibt, was für mich „vorgesehen" ist. Wie viele Male am Tag habe ich darüber meditiert und wiederholt laut in meiner Wohnung nachgedacht. Wohltuende Sprüche ohne müde zu werden, damit mein Verstand und mein Herz die Realität begreifen.

Dies klingt zunächst einfach, ist in der Umsetzung aber schwierig. Mein Verstand sagt mir; Festhalten an Schmerz, Trauer und Wut verursachen auf Dauer Schäden an Geist und Körper. Den Weg des „Loslassens" zu beschreiten ist sicher nicht ohne Stolpersteine, Hindernisse und Rückschläge. Doch mit Hoffnung und Zuversicht werde ich ruhiger und gelassener und gehe meinen Weg durch die Gegenwart in die „neue", nicht mehr so "geplante" Zukunft.

Endlich habe ich es kapiert: die wichtigste Voraussetzung für ein Gelingen meines Lebens ist Akzeptanz und der Wille nach vorne und nicht zurück zu schauen.

Ich nehme an und füge mich, finde mich ab. Ich lerne mit der neuen Situation zu leben und reagiere mit meinen Fähigkeiten: Courage, Seelenkraft, Optimismus, Hoffnung.

Ich blicke vorwärts.

Weiterhin die Akzeptanz, dass Veränderungen zum Leben gehören, lenkt meinen Blick vom Unabänderlichen auf das, was änderbar ist. Die einzige Konstante im Leben ist - Veränderung. Irgendwann lassen sich realistische Ziele entdecken, die sich mit entschlossenem Handeln erreichen lassen. Dies sorgt für neue, positive Erfahrungen und diese wiederum stärken das angeschlagene Selbstbewusstsein. Das alles wird von mir verinnerlicht und meditiert, bis die Akzeptanz da ist.

Wer eine Trauer oder Krise gemeistert hat, fühlt sich in der Regel stark, man wird resistenter, abgehärteter. Das trägt dazu bei, eine Langzeitperspektive zu entwickeln: Erwarte stets das Beste - denke positiv - sorge dich nicht - LEBE.

Bis ich meine „neue Perspektive" entwickelt habe verging einige Zeit, Zeit mit Verdrängung und Flucht in meine Arbeit. Trauer und Depression Hand in Hand mit Niedergeschlagenheit, Antriebslosigkeit, Interessenverlust, Schlafstörungen, Appetitverlust, Freudlosigkeit. Ich ertappte mich bei dem Gedanken: ohne Gisela hat alles keinen Sinn. Mein intensives pessimistisches Grübeln, mehr nachts als am Tag, brachte mich an den Rand meines Daseins.

Mein Verlangen nach meinem eigenen Tod wurde größer, als der Wunsch nach einer ungewissen Zukunft ohne Gisela. In meiner Trauer war mein Leben arm und leer … ohne Inhalt … Sinn verloren … einsam.

In den Momenten, in denen mich meine Melancholie aus ihrer Umhüllung entließ erkannte ich, dass nur ICH litt

- die Welt drehte sich weiter
- das Leben ging weiter

So kam ich zu dem Entschluss

- Trauer - Ja
- Wut - Ja
- Selbstzerstörung - nein
- Aufgeben - niemals

Und so lautet mein Spruch zurzeit: „Erinnere dich an die Vergangenheit, träume von der Zukunft, aber lebe heute!" von Sören Kierkegaard.

Dies ist die Aufgabe - heute leben. Der Sinn meines Lebens, in jedem Augenblick so zufrieden und glücklich zu leben wie möglich. Wenn wir das Leben aufschieben, dann verschenken wir es.

Hier kommt die Erkenntnis: Das Wichtigste am Leben ist das Leben selbst.

Was für einen Sinn sonst hat das Leben? Der Sinn des Lebens ist nicht, nur zu arbeiten und Äußerlichkeiten wie Geld, Reisen, schöne Autos, Prestige und Erfolg nachzujagen.

Den Alltag zu meistern wie ein Held, so soll es weiter gehen… das Suchen und Finden, ein Gleichgewicht für diese Zeit der Trauer.

Dies zu begreifen und zu verstehen hat Monate gebraucht. Es sind schon 8 Monate vergangen und ich bin auf dem Weg - mal weinend, mal lächelnd, mal führe ich Selbstgespräche in der Wohnung. Meditieren und Entspannungsübungen um zur Ausgeglichenheit zu gelangen.

Ich vermisse Gisela weiterhin. Die Trauer wandelt sich in eine andere Dimension und Situation. Diese ist leichter zu ertragen. Ich fühle mich besser und bin stolz auf diese erreichte Leistung.

Was immer noch nicht leicht zu ertragen ist, ist die Leere, eine Wohnung ohne Leben, Liebe, Lachen. Ich bewege mich darin, wohne, alles erinnert mich an Gisela, das ist Glück und doch Leere, wie trostlos.

Die Leere wieder füllen, aber wie; und ich ertappe mich wieder als Alleinunterhalter - ohne Dialog nur Monologe. Da ist die

Fülle an schönen Erinnerungen, an das Zusammenleben mit Gisela durch 21 Jahre. Sie sind und bleiben in mir, Teil meiner Person, so wie die anderen Lebensphasen, die ich durchlebt habe.

Die größte und fast professionelle Unterstützung bekam ich von Marianne, einer guten Freundin von uns. Sie stand mir mit Rat und Tat, fast täglich zur Seite.

Ich habe gelernt: Mit Courage und Seelenkraft wächst die Hoffnung und ich sehe mit Zuversicht weiter.

Zwischen Diagnose und Tod: ca. 3 Monate

Mitte Dezember, als wir beide, Gisela und Ich, in der Röntgen Praxis saßen und der Professor uns die Diagnose verkündete mit einem kühlen professionellen Ton, waren wir beide wie versteinert. Wir bekamen keinen Ton raus keine Tränen, erstarrt, mit minimalen Lebenszeichen - Ich starrte nur ins Leere… im Kopf stumme Gedanken… der Boden unter den Füssen verloren… ohne Fragen ohne Reaktion… nach langen schweigenden Minuten, die mir wie eine Ewigkeit vorkamen, wurde ich von Giselas Stimme wieder in die Gegenwart zurückgeholt. Welche Möglichkeit der Behandlung bleibt? Der Leberkrebs war 14cm weit vorgeschritten und das kranke Gewebe war kaum noch vom gesunden zu unterscheiden. Aufnahmen vom CT ergaben kein eindeutiges Ergebnis und erst mit dem MRT konnten wir eine klare Darstellung sehen.

Gisela hatte kaum Schmerzen, klagte nur ab und an über Druck im Oberbauch und erst viel später… zu spät... über Schmerzen in der Lebergegend.

Das Schlimmste, so empfanden Gisela und ich, der Professor liefert uns eine vorläufige maximale Lebenserwartung von 1 bis 2 Jahre unter der Voraussetzung der sofortigen Chemotherapie.

Die Prognose, wie sich später herausstellte, war sehr großzügig und optimistisch und wir dachten der Professor übertreibt mit Vorsicht. Als Gisela das hörte, blockte sie sofort das Gespräch mit den Worten „Ich hole mir eine zweite Meinung; danke; wir melden uns".

Im Nu waren wir weg, unterwegs nach Hause, die nächsten Schritte zu unternehmen. Eine zweite Meinung muss her, um überhaupt die Diagnose und daraus mögliche Probleme zu verstehen und zu verkraften. Dieser Tag und die folgende Nacht wurden die aller schwierigsten Stunden für uns. Wir gingen in eine nicht vorhersehbare Zukunft, wenn überhaupt noch eine da wäre. Vor unseren Augen öffneten sich viele Szenarien. Der Krebs, die Behandlung, sowie weitere mögliche Therapien und Bilder von Kollateralschäden.

Dies zu verstehen und zu verkraften verlangt übermenschliche Kräfte, um nicht in eine Ohnmacht der Gefühle zu stürzen. Die eigene Ohnmacht gegen die zerstörerische Macht des Krebses.

Wo liegt die mögliche Chance zu überleben? Keine bestimmte Variable zum Rechnen da, und wer kennt die Ursache? Die Heilung liegt meist nicht in unseren Händen, obwohl man hin und wieder von spontan Geheilten hört.

Bei Gisela war ich am Anfang sicher, dass wir irgendwie noch ein paar Jahre gemeinsam hätten Leben können, aber später wurde ich von der aggressiven Form vom Leberkrebs überrascht und eines Besseren belehrt.

Der frühere Chefarzt Dr. S. sagte mir aus Erfahrung, dass es sehr schnell gehen würde und für den Betroffenen vielleicht auch besser ist. Gisela soll nicht ein Pflegefall werden, lieber der Tod holt sie früh als später.

Und so kam es auch. Ironie ist, sie ist nicht am Krebs direkt, sondern am Nierenversagen gestorben, die ebenfalls in Mitleidenschaft gezogen worden waren.

Drei Monate verbrachte Gisela fast immer im Krankenhaus Kemperhof. Eine Woche war Sie zwischendurch zu Hause. Sie litt an Hospitalismus, konnte und wollte kein Krankenhaus mehr sehen, geschweige noch liegen.

In diesen Monaten war ich unterwegs zwischen meiner Arbeit in der Ambulanten Pflege, zuhause, dann zum Krankenhausbesuch bei Gisela, wieder nach Hause. Abends und nachts konnte ich nur Grübeln, nicht Denken, unruhig hin und her im Bett wälzen und nur wenig Schlaf. Ich war gestresst, teilweise nicht so konzentriert aber sehr motiviert Gisela beizustehen.

Sie hätte dies genauso für mich getan. Die Liebe ist eben immer da und das verleiht unglaubliche Kräfte… eben Power für Zwei.

Gisela zu besuchen und so zu sehen war unerträglich. Sie wurde von Tag zu Tag schwächer und zermürbt ohne sichtbaren Erfolg im Heilungsprozess.

Ich bemühte mich nicht traurig zu sein geschweige dies zu zeigen. Ich begegnete ihr mit Courage und Zuversicht obwohl ich innerlich Unbehagen spürte.

Sie war die „klassische wissende Fach-Patientin" von Beruf OP-Leitung und das hat schon mal Respekt und gleichzeitig Verzweiflung bei Ärzten und Pflegepersonal ausgelöst.

Auf meine Bitte hin gab mir Gisela Anweisung über Wäsche waschen, bedienen von diversen Haushalts Maschinen und Bügeln. Nun musste ich allein zu hause zurechtkommen. Bis dato waren unsere Haushalts Aufgaben geteilt. Waschen und Bügeln waren Giselas Ressort. Meins war Kochen und Staubsaugen.

Auf einmal war und wurde ich mit Anweisung und Notiz Zettel, ein Haushalts-Mann. Mit mehr oder weniger Glück sogar fast gut.

Während der Erledigung der Haushaltsaufgaben brauchte sich mein Ego nicht mit dem Thema Sterben beschäftigen, geschweige auseinandersetzen. Ich hatte unbewusst alle Gedanken verdrängt und weg gesperrt, im tiefsten Winkel meines Körpers, wo es schwer auszugraben war.

Gisela ging es auch nicht anders. Sie war eine Mischung aus Hoffnung, Kampf und Müdigkeit und bis zum Ende überzeugt "Wir schaffen es, den Kampf zu gewinnen". Sie schämte sich für ihr krankes Aussehen, darum wollte sie keine Besucher. Scham so gesehen zu werden.

Nur die Familie durfte sie besuchen und begleiten in dieser Zeit der Krankheit.

Begleiten in schwieriger Lebenssituation ist schon als berufsmäßiger Helfer, wie ich, eine harte Herausforderung. Im Laufe der Jahre habe ich aber durch Erfahrung die Fähigkeiten und Intuition für eine angemessene Auseinandersetzung bekommen.

Die Erfahrung von Krankheit und Tod in 30 Jahren als Fach-Krankenpfleger. Professionell, gehe ich mit Betroffenheit und Distanz heran, denn der Leitgedanke ist: Tod ist Teil des Lebens.

Als Angehöriger und unmittelbar betroffen, sieht es anders aus.

Ich gehe mit Liebe, Nähe und Ohnmacht heran. Der Leitgedanke ist: Warum gerade meine Frau und noch so jung?

Bei der eigenen Frau war immer im Hintergrund dieses Ohnmachtsgefühl, weil ich nichts Konkretes in der Hand hatte, um ihr wirklich zu helfen, geschweige zu heilen.

Ab und zu bedankte Gisela sich bei mir, meisten so: „Danke Leo, wenn ich dich nicht hätte ......" ich antwortete „Du weißt, was ich tue, hättest du auch auch für mich getan. Ist doch selbstverständlich. Wir haben uns gesagt, immer füreinander da zu sein".

Sie war in dieser Zeit überhaupt sehr dankbar. Sie spürte die Hilfe und nahm sie mit stoischer Ruhe an. Dies war bemerkenswert.

Täglich wenn ich unterwegs war, kreisten die Gedanken immer um Giselas Krebserkrankung. Jedoch Beten, Kirche besuchen, Kerze anzünden, alles was so ein Mensch tut in einer Notlage, es tat sich bei mir wenig... fast nichts. Ich war blockiert, verkrampft, wollte die Situation nicht wahrhaben. Emotional hochgeladen, das Gleichgewicht, Herz und Verstand wie ausgeschaltet.

Ich erinnere mich nur einmal „richtig gebetet zu haben" mit meinen Kollegen/innen in unserer Krankenhaus Kapelle. Doch bekam ich plötzlich einen inneren Schmerz mit einem Weinkrampf.

Giselas Stolz und der Glaube an einen Stillstand oder zumindest ein Zurückdrängen des Krebses bis zur letzten Woche verhinderte ein ernstes Gespräch zwischen uns über die schwere Krankheit und den Tod.

Sie hatte inzwischen schon einige Male Besuch vom Krankenhaus Seelsorger und relativ schöne aufbauende Gespräche gehabt. Wie üblich, empfing sie beim Kranksein als Katholikin das Sterbesakrament oder Krankensalbung. Es ist eine „Heilige Ölung" eine kleine Zeremonie und wird als „tiefgreifende Hilfe, in welche Richtung der Weg des Menschen sich auch wenden mag... zum Tod oder zurück ins Leben, angewandt.

Gisela wollte diese Heilige Handlung allein mit dem Priester und ich fand die Idee gut. Abends, als ich da war zum Krankenbesuch, erzählte sie mir davon, mit einer ernsten Mine, als hätte sie ein dunkles Vorgefühl, von ihrem bald bevorstehenden Tod.

Gisela und ich hatten schon mal Gedanken über das Alter und das Sterben und darüber geredet. Aber eben nur in einem anderen Alter, ohne Krankheit, ab 80 und anderes Szenario und eventuell im eigenen Bett sterben.

Nun ja, das ist der Wunsch der meisten Leute die ich kenne und entspricht allgemeinem Denken.

Ein würdiges Abtreten nach einem schönen gelebten Leben.

Gisela, als Fachfrau und immer noch mit Hoffnung, wurde misstrauisch, als sie sah, dass die Infusionen und die künstliche Nahrung reduziert wurden. Sie regte sich auf und fing einen Streit mit dem Prof. Dr. K. über die Therapie und das Vorgehen an.

Am Tag später, bei der Visite, der Prof. Dr. K., sagte mir draußen: "Ihre Frau, Herr Testa, will es nicht wahrhaben. Lassen wir sie im Glauben und respektieren es. Andere Maßnahmen bringen nichts."

Ich bedankte mich für die Ehrlichkeit und das Mitmachen. Ja ich war perplex und wusste, ich bin in dieser Situation machtlos. Schweigen, ertragen, begleiten in Liebe und warten. Das ist meine Aufgabe und Hingabe.

So circa eine Woche spät starb Gisela um 1 Uhr nachts friedlich, mit einem undefinierbaren Lächeln, auf ihrem vom Nierenversagen ödematösen Gesicht ein. Ich konnte nur einen Schmerz, wie vom Dolch getroffen, spüren. Versteinert, noch ihre Hand haltend, ohne die Kraft zu weinen.

Die Lektion

Das Werden und Vergehen, es ist eine schmale Gratwanderung. Es betrifft jeden Menschen.

Trost und Beistand

Ich habe irgendwo mal gelesen, dass es in der Trauer eigentlich keinen Trost gibt, sondern nur Beistand. In meiner Erfahrung habe ich das Gegenteil erlebt. Dies ist eine einschneidende Erfahrung, eine Geste: Umarmung.

Damit meine ich nicht die rituelle Umarmung, mehr die emotionale oder die, welche mit mehr Gefühl einhergeht. Dafür bin heute noch denen besonders dankbar, die mir damals nah standen. Außer der Familie, es war das Team der Ambulanten Pflege vom K.K.Koblenz, meine lieben Kollegen und Kolleginnen.

Als ich auf der Arbeit erzählte von Giselas Krebserkrankung und später, dass es nicht weiter geht im Heilungsprozess, sah und spürte ich die starke Betroffenheit bei meinen Kollegen. Von ihnen bekam ich Trost und Beistand. Durch Worte, Gesten, Umarmungen und Berührung.

Sie kannten Gisela nicht nur dienstlich, sondern auch privat. Diese Humanität, die Begegnung mit mir, war vorurteilsfrei und sie verzichteten auf den einen oder anderen Verhaltensratschlag. Es hätte mir ohnehin wenig geholfen.

Sie hatten nicht nur mit ihrer Anteilnahme und Unterstützung sehr geholfen, sondern vermieden schreckliche Sätze zu sagen, denn sie sind fehl am Platz.

Einer dieser Sätze habe ich nur einmal gehört er lautet: „Ich weiß genau, wie du dich fühlst".

In der Realität weiß kaum ein anderen den Schmerz und die Wut erfüllte Seele des Trauernden nachzuvollziehen.

Dagegen begegnete mir täglich ein Maß an Mitgefühl und Geduld mit aufrichtigen und so gemeinten Sätzen: „Es tut mir leid. Es geht mir nahe. Ich bin für dich da. Ich bete jeden Tag für dich. Wie kann ich dir helfen?"

Für mich war es wichtig zu wissen, sie sind da, du bist nicht allein, wenn ich Trost gebraucht habe, bekam ich Trost und vertrauensvolle Umarmung. Das berührte mich und ich spürte die Menschlichkeit und Freundschaft.

Von ihnen bekam ich Trost und Beistand. Durch wenige Worte, viele Umarmungen und Berührungen die unter die Haut gingen. Und ich entdeckte die Bedeutung, das Wirken auf meinen Körper und meine Seele. Der Sinn der Umarmung ist ja, dass jeder den Körper und Emotionen des anderen spüren kann. Dies entlastet, lockert Verspannungen im Körper und öffnet den Weg für eine vertrauensvolle Verbindung.

Nach jeder Umarmung wurde mein Unbehagen durch ein Wohlgefühl abgelöst.

Danach wurde ich ruhig und fühlte mich geborgen und aufgehoben.

Mensch sein dürfen. Das ist schon Trost und Hilfe die ankommt.

Emotionale Umarmung ist ein Zeichen und Demonstration von Vertrauen, Seelentrost und Geborgenheit.

Mir wurde klar, ohne Trost kannst du nicht leben.

Trost ist keine Flut von Worten.

Trost ist wie eine lindernde Salbe auf einer klaffenden schmerzenden Wunde.

Trost ist das Verstehen meiner Tränen, Schmerz und Wut und der mich in meiner Angst und Verzweiflung auf ein paar Sterne am Himmel hinweist.

Besonders mit der Team Leiterin J., die auf erstaunliche Weise mich mit ihrer natürlichen Art Mensch eingehüllt hat in Warmherzigkeit, mir mit offenen Händen und Armen begegnete und mich begrüßte.

Das ist eine von der Natur gegebene Anlage und Gabe, die ich manchmal bei manchen Menschen vermisse. Wer diese Gabe besitzt ist reich und gesegnet und wird wohl bei Begegnungen wohlwollend empfangen.

Menschlichkeit und Wohlwollen ist nicht nur für die Philosophen, sondern auch für mich aus meiner Erfahrung, die Primärtugend. Ohne diese wäre Solidarität, Empathie, Dankbarkeit und Altruismus nicht möglich.

Diese guten Eigenschaften darf eine moderne und immer mehr von Wirtschaft geprägte Gesellschaft nicht verlieren.

Der Verlust der Menschlichkeit... was für eine düstere Zukunftsvision.

Mensch sein, dies ist Hilfe, die ankommt. Ich glaube an den Menschen in jedem von uns und bin überzeugt, dass es keine zwei identischen gibt.

Jeder Mensch ist eine Welt für sich. Darum entstehen Konflikte, Reibungen, Zusammenstöße... aber auch Liebe und Zuneigung... Empathie.

Was uns einigt ist das gemeinsame Streben gleichsam menschlichen Empfinden, Denken und Handeln, um ein Gegengewicht zu destruktiven Kräften zu bilden.

Das habe ich gelernt: Je offener jemand für seine eigenen Gefühle ist, desto besser kann man die Gefühle anderer deuten und danach angemessen handeln.

Carl von Clausewitz sagt: „Den stärksten Anlass zum Handeln bekommt der Mensch immer durch Gefühle"

Die Lebensphase mit Gisela

Mein erster Gedanke nach dem Tod von Gisela war: Ich steh alleine da, wie vor 21 Jahren, Junggeselle, am Anfang einer neuen Lebensphase.

Zum ersten Mal für mich ein gewaltsames Ende und endgültige Trennung von Gisela. Bis dahin hatte Ich die Entscheidungen in einigen Lebensphasen meines Lebens immer allein und aus dem Bauch heraus getroffen. Dieses Mal hatte ich eine Sperre und ein Misstrauen gegenüber Gott, der Gesundheit und der Welt.

Ja, es ist wahr, Gisela ist zu früh von uns weggegangen.

Ist das Schicksal oder Vorsehung oder ist sie einfach ein Opfer von bösartigem aggressivem Krebs?

All diese Gedanken sind in mir und verlangen nach einer Antwort, die es aber leider nicht gibt.

Mir ging es wie Darwin, als die Tochter schwer erkrankt starb: Er stand da voller Zweifel und brach endgültig mit der Religion. Für ihn war Religion kein Trost aber auch Gott hatte keine Schuld am Tod. Darwin glaubte an die Natur Selektion.

Ich persönlich glaube an eine Kettenreaktion von genetischer Veranlagung, Umwelteinflüssen und zufälligen Mutationen. So denken auch die meisten Wissenschaftler heute über die Ursache der Krebsentstehung.

Als ich Gisela zum ersten Mal begegnete und kennenlernte war Karneval, und wir waren mit Kollegen und Freunden im Irisch Pub in Koblenz zum Feiern verabredet. Wir waren Vierzigjährige, also noch jung, waren maskiert, voller Freude in ausgelassener Feierstimmung und doch unbeschwert wie Kinder auf einer Spielwiese.

Seit einigen Monaten war ich aus dem Orden ausgetreten.

Ja, ich war 12 Jahre Diener der Kirche und aus ideellen Gründen wieder frei und im so zusagen „Normalen Leben".

Für manche meiner damaligen Ordensbrüder war ich der abtrünnige Bruder geworden. Einige haben mich gemieden wie der Teufel das Weihwasser, nicht mal verabschiedet, kein Wort mit mir geredet.

Wir waren wie geschiedene Leute. Aber dazu später.

Gisela, so wurde sie mir vorgestellt und das war ihr Erscheinungsbild: Dunkelblond, kurze Haare, grünblaue Augen, lächelnd attraktiv, selbstbewusst auftretend und eine schöne weibliche Figur. Dieses war mein erster Eindruck, der mit Freude und Wucht auf mich prallte.

Und der erste Gedanke: „Che bella signorina", das kann mit uns was werden. Ab diesem Zeitpunkt war es um mich geschehen. Ich glaube, nein, es ist gewiss, ich verliebte mich, und wie! Mit all den bekannten Symptomen: ständig an sie denken, Schmetterlinge im Bauch, Herzklopfen aus Freude. Mit dem ersten Blick haben wir uns getroffen und angezogen gefühlt. Mit dem zweiten Blick kam Annäherung und Liebe. Wir verabredeten uns und wurden ein Paar.

Obwohl Gisela als Scheidungsopfer gebrandmarkt war, vertraute sie mir und ich ihr. Ein Jahr später heirateten wir, standesamtlich bescheiden und im kleinen Familienkreis. Kurze Zeit später kam von der Krankenhausverwaltung ein Schreiben in dem geäußert wurden, ob eine Weiterbeschäftigung nur mit standesamtlicher Heirat so überhaupt möglich ist. Dies hängt mit dem Arbeitsvertrag katholischer Institutionen zusammen und nennt sich „Sendungsauftrag Gefährdung". Nicht kirchlich heiraten, und dazu einen ehemaligen Ordensbruder, das war zu viel!

Schon hörte ich am Himmel die Gefahr-Glocken läuten. Also Zeit zum Angriff und dagegen angehen, aber wie?

Dank der Fürsprache und Einmischung des damaligen Geschäftsführers Herr K., der Gisela mochte und sehr als OP-Leiterin und Person schätzte, konnten wir aufatmen und weiter in Ruhe arbeiten und leben. Alles kam wieder ins Lot.

Oliver, der Sohn aus der ersten Ehe von Gisela, 20-jährig und gerade Student der Informatik, fand, dass Alles gut und schön und war manchmal amüsiert, uns so verliebt zu sehen.

Da wir beide guten Appetit hatten, schon von Anfang an, steckte Oliver Zettel mit Namen in den Kühlschrank, um „Essensberaubung" zu vermeiden. Dies klappte, und ich lernte meine erste Lektion der Familien-Grundregeln: Respekt, Rücksicht gegenüber allen Mitgliedern, aber ohne mich zu vergessen.

Denn von nun an steckte ich auch einen Zettel in den Kühlschrank, aber nur aus Spaß an der Freude.

Nach anfänglichem Beschnuppern und Kennenlernen wurden Oliver und ich Freunde und somit waren wir eine glückliche kleine Familie.

Gisela zu begegnen und sie zu lieben empfinde ich wie einen „Sechser im Lotto"… ein Geschenk für das ich dankbar bin.

Sie war mein Ein und Alles… bester Freund und Berater… guter Zuhörer und vor allem ein guter Partner.

Auf der Arbeit als Stellvertreterin und kurze Zeit später OP-Leiterin, war sie als Alfa-Tier gut in der Führung und Organisation, wie auch bei der Bauentwicklung der neuen OP-Abteilung. Die Ansprache von Herrn G., wie auch die Todesanzeige, beschreiben sehr treffend das 31 Jahre lange Wirken im Katholischen Klinikum.

**Katholisches Klinikum
Koblenz · Montabaur**

Leben wir, so leben wir dem Herrn.
Sterben wir, so sterben wir dem Herrn.
Ob wir leben oder ob wir sterben,
wir gehören dem Herrn.
Röm 8,14

Das Katholische Klinikum Koblenz · Montabaur trauert um seine langjährige Mitarbeiterin Frau

Gisela Testa

die für uns alle unfassbar und viel zu früh aus unserer Mitte geschieden ist.

Frau Testa hat bereits ihre Krankenpflegeausbildung am Brüderhaus St. Josef absolviert und in den vergangenen 31 Jahren die Weiterentwicklung unseres Hauses wesentlich mitgeprägt. Seit 1981 war sie im OP eingesetzt. Nach Übertragung der Leitung im Jahr 1995 galt ihr ganzes berufliches Engagement der baulichen und konzeptionellen Weiterentwicklung der OP-Abteilung. Sie begleitete und steuerte die Errichtung neuer Fachabteilungsstrukturen und förderte die Zusammenarbeit zwischen den Teams und unter den Berufsgruppen unseres Hauses. Wir verlieren mit Frau Testa ein Vorbild und eine tragende Säule, die mit ihrer positiven Grundeinstellung, ihrer Tatkraft, Zuverlässigkeit und Geradlinigkeit den Geist unseres Hauses in besonderer Weise prägte.

Unser Mitgefühl und unser fürbittendes Gebet gelten ihrem Mann und ihrem Sohn.

Für das Direktorium

Werner Hohmann
Hausoberer

Für die Mitarbeitervertretung

Walter Minning
MAV-Vorsitzender

Gisela war ein Bündel von Frauenpower, mit vielen Talenten, mit Sozialer Kompetenz und Führungsqualität. Sie scheute die Konfrontation nicht, wenn es darum ging, gesteckte Ziele zu erreichen und umzusetzen. Sie pflegte zu sagen: „Ein Vorgesetzter kann immer nur so gut sein wie sein Team, da eine große Abhängigkeit zwischen beiden Parteien besteht."

Als Leiterin war sie weder zu vertraut noch zu distanziert. Sie handelte stets mit Augenmaß und hinterfragte nicht nur die Kollegen, sondern auch sich selbst von Zeit zu Zeit. Den Chef in ihr spürte auch ich… manchmal!

Wenn sie von der Arbeit nach Hause kam und ich nicht aufgeräumt hatte, stand sie da vor mir in Mussolini-Pose, wie ich es nenne; Kopf hoch, tiefer Blick, die Arme seitlich aufgestützt, wie der Diktator Mussolini bei einer Rede und sagte zu mir: „Freundchen, wie sieht es hier aus?", oder „Hier sieht es aus, wie bei Hempels unterm Sofa!" Und ich, auf dem Sofa sitzend, halb wach, halb noch im Schlaf, pausierend von der Arbeit, antwortete ohne mich zu rühren „et is wie et is, aber ich mache es schon noch… hol Luft… trink einen Kaffee und entspann dich."

Sie liebte Ordnung im Leben, einfach, um Chaos zu vermeiden. War sehr korrekt und akkurat, wie die meisten Deutschen, ein Sicherheitsfan, aber nicht übertrieben. Ich dagegen, als Italiener, mehr oder weniger auch ordnungsliebend, aber mit anderem Verständnis und weniger auf Sicherheit bedacht. Ich bin mehr risikobereit Geld auszugeben, zu investieren - sie dagegen zurückhaltend und mehr Sicherheit für das Alter.

Dank dieser beiden Komponenten haben wir uns ergänzt und gut verstanden.

Wir kauften eine tolle Wohnung, hoch über dem Rhein in Vallendar, mit Blick auf die Insel Niederwerth und weit dahinter die Eifel, links Koblenz und rechts Bendorf und Neuwied. Wenn man draußen auf dem Balkon sitzt hat man das Gefühl, im Urlaub zu sein. Statt Meer, der „Vater Rhein" und die schöne Flusslandschaft, Rheinromantik, schon durch Dichter und Maler viel gepriesen, so eine Lage hatten wir uns gewünscht und dort gefunden.

Es war nicht immer Friede - Freude und Eierkuchen, ab und zu hatten wir auch ein paar Probleme zu lösen. Wir haben uns ergänzt, beraten und dann gemeinsam die Lösung gesucht und gefunden. Manchmal ging es natürlich auch laut zu, mit einer Diskussion hin und her. Gisela konnte gut mit Streitgesprächen umgehen. Ich, im Gegenteil, war und bin immer noch nicht so gut, aber inzwischen ruhiger, und bevor ich was sage, hole ich tief Luft und lege dann los. Aber wenn man mich ansieht, verrät mich doch die pulsierende Schlagader seitlich am Hals, der Blutdruck steigt parallel und konstant, wie meine zunehmende nicht immer angebrachte Erregung.

Wir waren oft im Urlaub in Italien und besonders in meiner ersten Heimat -Salerno. Von dort unternahmen wir große Touren und besuchten auch die anderen schönen und sehenswerten angrenzenden Regionen.

Die Insel Capri, Napoli, Apulien und die Basilicata. Heute noch schön, jedoch die ärmste von allen. Gisela hatte am Anfang wenig Verständnis für manche Italienische Gepflogenheiten sowie Sitten und Gebräuche. Da gibt es Anekdoten, darüber lache ich heute noch. Es war für uns beide meistens amüsant. Aber auch hier und da wirkte es auch auf uns, die wir aus dem Norden, mit einer anderen Mentalität… kommend, Nerv tötend.

Die Pünktlichkeit, mit bis zu einer halben Stunde Toleranz, wird verziehen, beim Parken muss man die Autoschlüssel abgeben, damit dort, wo 50 Autos passen… auf den Zentimeter... wird Platz... für 80 Autos.

Das Autofahren wesentlich hektischer, drängeln und „Ich hupe, also bin ich", wild die Spur wechseln und wo 2 Spuren sind werden schnell 3. Rotlicht Ampel wird manchmal übersehen.

Interessant war, nicht nur für Gisela auch für mich, das Thema, der „Erfundene Beruf", immer passend zur Situation und zurzeit.

Hier ein Beispiel, das selbst meinen Bruder Camillo überrascht hatte. Wir, Gisela, Camillo und ich, waren auf einen Trip nach Neapel mit unserem, als Deutsch gekennzeichneten, Wagen. Wir fuhren mit Stoßverkehr auf der dreispurigen Hauptstraße Richtung Napoli Zentrum. Mit Spurwechsel ging es sehr wild zu, viele Autos hupen und gestresste Autofahrer. Plötzlich kamen 2 junge Männer lächelnd und bewegten sich durch den Stoßverkehr auf eine ziemlich gestresste Autofahrerin mittleren Alters zu. Mitten drin unterhielten sie sich ein paar Minuten lang, dann stieg einer der freundlichen jungen Männer ein und lotse sie durch die ganze Stadt, mit sicherer Fahrt, bis zum nächsten Kreis und Ausfahrt. Der selbsternannte „Auto Lotse" bekam etwas Geld und stieg aus und verabschiedet sich mit dankbarer und freundlicher Mine.

Wir hatten alles mitbekommen und mit einem Schmunzeln und Neugier diesen Auftritt von unserem Auto aus verfolgt. Es war irgendwie ernst, lustig, kreativ und doch interessant…einfach zum sich freuen und lachen.

Auch beim Einkaufen in Italien bemerkt Gisela, hier muss ich, wie die Signora Lucia, meine Mutter, die Kunst des Feilschens lernen. Es gehört zum Handel dazu.

Sie lernte dies, in dem sie mit meiner Mutter auf den täglichen Markt ging. Tage später waren wir für mich ein paar Jeans kaufen beim alteingesessenen Händler unseres Vertrauens, den meine Familie kannte. Da wir beim Feilschen nicht ganz gut waren, sagte Gisela zum Chef Verkäufer spontan „Gut, dann schicken wir Morgen unsere Mutter vorbei"… Er antwortet „Um Gotteswillen, nicht eure Mutter, die ruiniert mich, wir einigen uns noch." Die spontane Drohung von einem Feilschen/Schlagabtausch, wurde abgewendet und wir lachten alle darüber. Beim Shoppen irgendwann entdeckte Gisela auf einem Kassenbon eine Diskrepanz in den Zahlen. Zwischen dem tatsächlich Bezahlten und des Ausgedruckten fehlten circa 30 %. Mutter klärte sie auf „Gisela nicht aufregen, das ist so eine Gewohnheit bei uns, ist „Normal". Es ist der Verdienst und gleichzeitig weniger an Steuern zu bezahlen.

Noch eine Anekdote in den 90er Jahren. Es geschah in der Kirche beim Besuch des Sonntagsgottesdienstes in der „Altstadt" von Salerno. Gisela fiel auf, dass der Küster, ein vierschrötiger Mann, nicht so gut gepflegte Kleider, Zahnlücke, mit Sonnenbrille, aber ein Lächeln hatte. Bei der Kollekte mit dem Klingelbeutel waren 100 Lire drin und 100 Lire steckte er in die eigene Hosentasche. Ich klärte sie auf, wohl wissend, eine geduldete kleine Spende für den wirklich armen Küster. Ein Verdienst zwischen Ehrenamt und nicht offiziell gemeldet, jedoch toleriert vom Pfarrer und den Gemeindemitgliedern.

Ich erinnere mich noch an einen Abend nach einem heißen Septembertag beim Gottesdienst.

Die Kirche, der Hauteingang ganz offen, draußen spielten ein paar kleine Kinder mit einem Ball, und wir saßen bei der Messe. Plötzlich fliegt der Ball rein über unsere Köpfe und landet beim Ministranten auf dessen Kopf. Er reagierte mit einem Kopfstoß und mit einem gezielten Tritt schickte er den Ball wieder zurück, Richtung Haupteingang. Zum Glück durch den mittleren Gang, wo keiner saß, über unsere Köpfe. Es folgte eine allgemeine Lachsalve und der Pfarrer verpasste einen leichten Klaps hinten am Kopf des sportlichen Ministranten. Ist das nicht amüsant?

Noch über Jahre, Gisela und ich lachten über die erste und letzte Begegnung zwischen den Mormonen und meinem Vater, Don Luigi genannt, im Altstadtviertel.

Wir saßen gemütlich am Tisch beim Espresso trinken. Es klingelt an der Haustür, Vater öffnet und fragt „Ich kenne Sie nicht, wer sind Sie?" Zwei, fast

uniformierte Mormonen, stehen dort. Einer der beiden sagt: „Wir sind Mormonen und wollen von Christus und der - Kirche der Heiligen der letzten Tage – sprechen." Mein Vater, etwas schwerhörig, ruft zu meiner Mutter: „Lucia, die Salmonen (Lachs) sind hier und wollen von Christus und den Heiligen reden!" Meine Mutter Lucia lächelt, versteht das Missverständnis und sagt: „Frage, ob sie den Papst als Ihren Chef ansehen?" Die Mormonen hören und antworten: „Wir haben mit dem Papst nichts zu tun". Mein Vater schaut irritiert, dann verdutzt und als guter praktizierender Katholik ist er entsetzt. Sagt nichts, schlägt einfach die Tür zu.

Ja, mit Gisela habe ich gelebt, geliebt, gelacht und was aufgebaut. Es war meine längste und schönste Lebensphase. Wie gesagt ein 6 er im Lotto, der kein Zufall war, meine erste Liebe und das mit vierzig.

Das vergangene Jahr hat mich auf eine harte Probe gestellt und tut es heute noch. Meine Lebensgrundlage und die Bestätigung, alles im Griff zu haben, brachen gleichzeitig weg und hinterließen einen gebrochenen Menschen. Nun schäme ich mich nicht mehr, dies zu sagen. Anfangs tat ich es.

Das habe ich gelernt: Die Lektion, wie eine gute, faire Auseinandersetzung erfolgen soll; nur mit der perfekten Umsetzung hapert es noch.

Die Lektion Leben ... Lieben ... Lachen: Im Rückblick kann ich sagen die Lebensphase mit Gisela war was Besonderes und Wunderbares.

Oliver, Giselas Sohn - Computerfreak und Freund

Als ich Gisela kennenlernte, sagte sie mir: „Ich habe einen guten Sohn, Oliver, aus meiner ersten Ehe. Ich bin geschieden und wir haben einen Nymphen Sittich, mit Namen „Cesar". „Gut, sagte ich, ich bringe mich selbst, mal sehen, wie wir so passen und eine kleine Familie werden."

Bis ich zum ersten Mal Oliver sah, hatte ich einige Verabredungen mit Gisela. Wir kamen halb erfroren, von einem Spaziergang am Kühkopf im Koblenzer Stadtwald zurück. Es war noch Winter, die Wege verschneit und wir hatten uns verlaufen.

Gisela brachte mich nach hause zu sich, tranken Tee, um uns wieder zu wärmen, und aßen gemeinsam zu Abend. Das war das erste Mal, wo ich bei ihr zu Hause war. Aus einem nicht geglückten Spaziergang im Schneegestöber wurde die Gelegenheit, die ganze Familie kennenzulernen. Ich musterte Oliver, Oliver musterte mich. Zwei, bis dato Fremde, sitzen sich gegenüber, langsam näherten wir uns an. Bis die ersten Worte ausgetauscht wurden vergingen noch einige spannende Minuten. Sympathie war der erste Eindruck von Oliver, groß, stattliche Figur, nett, gut erzogen, feinsinniger Humor und genauso wie ich, Genießer und guter Esser. Guter Esser Anekdote - „Essensberaubung-Zettel" habe ich schon erzählt. Das andere, wir mochten italienisches Essen und waren und sind noch Whiskyliebhaber.

Dieser gute Esser ist zwar Vegetarier/Veganer und hat sich diese Leidenschaft bis heute bewahrt, doch traditionell gehen wir so ab und zu, auf „Kulinarische Tour".

Oliver, damals schon Computerfreak, Anfang der 90er Jahre, Student der Informatik, machte aus seinem Hobby einen Beruf und Berufung. Seine Lebensaufgabe, Kommunikation mit Medien Technik, Liebe zum Leben online, wo diese tief verankert ist. Heute arbeitet er als Entwicklungsleiter und Softwareentwickler beim Mittelrhein-Verlag in Koblenz.

Oliver liebte und spielte gerne mit Kommilitonen und Freunden Rollenspiele. Auch heute noch ab und zu und dabei wird Pizza gegessen und sein Lieblingsgetränk Coca-Cola getrunken. Das ist seine Art der Vorbereitung auf die Rollen in der Gesellschaft.

Oliver hatte keinen Kontakt mehr mit seinem Vater. Der Vater wollte es so, außer per Anwalt und später verlor sich die Spur ganz. Ich konnte nicht die Vater-Figur sein oder ersetzen, er war ja schon 20jährig, hatte Zivil-Dienst absolviert, war geformt. Jedoch wurden und sind wir gute Freunde.

Ich, wie Gisela, unterstützen ihn als er noch Student war und zu hause lebte. Wir waren eine kleine Familie und das sind wir heute noch, auch wenn Gisela nicht mehr unter uns weilt.

Mit Engelsgeduld gab Oliver uns einen Crash-Kurs im Windows und dabei hat er Spaß mit uns so ahnungslosen unbegabten Computer Menschen. Kurze Zeit später schenkte er uns ein Windows für „Dummies". Damit konnten wir die aufkommenden Fragen reduzieren und ihm nicht mehr auf die Nerven gehen.

So war es auch mit unseren ersten Handys. Oliver gab uns präzise klare Anweisung für die Bedienung. Wir verstanden wirklich ziemlich schnell, jedoch mussten wir, als Nachkriegsgeneration, einige Wiederholungen bekommen. Denn der Fortschritt ist in den letzten 30-40 Jahren schneller, kompakter, komplexer, immer besser geworden und bis heute noch nicht am Ende.

Ich versprach Gisela immer, egal was passiert, mich um Oliver zu kümmern. Das war ihr einziger Wunsch an mich nach der Heirat und für mich selbstverständlich. Dies zu besiegeln, machten wir beim Notar ein Berliner Testament und der dritte, Oliver, würde nach unserem Tod alles erben. Es hat sich als gut und richtig erwiesen, als das Schicksal zugeschlagen hat, beim Tod von Gisela. Wir konnten leider keine eigenen Kinder bekommen.

Oliver ist in seinem Wesen friedlich, Philanthrop, Rationalist, unterstützt im Internet mit kleinem Kredit Gründer in der Dritten Welt.

Er ist in der Tat Giselas Sohn. Wenn ich ihn treffe und ansehe, hat er doch einige Züge und Gewohnheit, die mich an die Mutter erinnern. Seit 10 Jahren lebt er mit Michaela, seiner Lebensgefährtin, in einer „harmonischen" Beziehung. Er ist immer noch Computerfreak und, wie er sich selber bezeichnet, Software Entwickler, Manager, Medienjunkie, Web Aficionado, Gelegenheitsblogger, Whiskyliebhaber und vieles mehr. Seine letzte interessante Idee und als Zeichen der Erinnerung an Gisela, trägt er eine selbstentworfene Tätowierung am Unterarm. Diese zeigt ein großflächiges geometrisches Mandala, in dessen Zentrum klein der Name „Gisela" sowie das Geburts- und Sterbedatum steht. Flankiert wird das Mandala vom Titel des Songs „Stark wie zwei", der bei der Beisetzung gespielt wurde und eine sehr starke trostvolle Message hat.

Meine Deutung: Originelle und zeitgemäße Erinnerung an die Mutter und gleichzeitig ein Trauerbekenntnis das „unter der Haut steckt".

Meine Mutter und ein Geheimnis

Als Kind und Erwachsener hing ich an meiner Mutter, sie war lebendiges Beispiel, und Vorbild, mehr als mein Vater. Eine sehr fromme, warmherzige und starke Frau, aufopfernd für die Familie, ausgezeichnete Köchin vom Erzbistum Salerno. Sie konnte schnell mit dem Kopf rechnen und mit Geld gut umgehen, sie war das praktische und wirkliche Familienoberhaupt. Matriarchalisch orientiert war meine Familie, nicht Patriarchalisch. Wobei mein Vater versuchte, bei Entscheidungen, das letzte Wort zu haben... es gelingt ihm nicht immer.

Vater war sehr fromm, streng in der Erziehung, aufopfernd, jedoch als er arbeitslos wurde, wurde er psychisch instabil. Doch in Gott fand er Stütze und Hilfe.

Meine Eltern waren nicht besonderes gebildet, aber durch ihre christliche und natürliche Warmherzigkeit gaben sie, was sie übrighatten, als Spende für die Armen der Gemeinde. Die Zuneigung und die Liebe, die nicht nur wir Kinder bekamen, war und ist heute prägend und tragend. Diese Erziehung und Erbe, auch wenn es manchmal streng und fromm war, hat auch meine geistige und materielle so wie spirituelle Sicht des Altruismus in mir geöffnet.

Dieser verinnerlicht Wert, als „normal Altruist", ist nicht zu verwechseln mit „Moral Apostel".

Als meine Mutter vor 6 Jahren in der Klinik starb, war ich zuhause in Salerno, in Süditalien und bekam ihren Tod aus der Nähe mit. Am Tag danach, beim Familientreffen, wurde die Beerdigung und das Grab arrangiert und die Frage, was geschieht mit der schönen alten Wohnung in der Altstadt? Da ergriff mein Schwager, der „Winkeladvokat", das Wort mit einer sehr ernsten Mine und verkündete, dass es da ein „kleines Problem" gäbe. Wir würden bald vom Gericht hören, beim Erben. Da wurde ich zunächst, wie von einem Schock gelähmt, dann wütend, sauer, sogar handgreiflich. Ich sprang meinem Schwager schreiend an die Gurgel „Wie konntest Du so was tun, als Christ?" Er: „Das war deine Mutter". Ich war über mich und den ganzen „Familien-Clan" entsetzt, um es milde auszudrücken.

Das „kleine Problem" war in Wahrheit ein großes, mit Schulden und verschwundenem Geld, aus der Bank, von der schon vor Jahren verstorbenen Tante. Wir reden von circa 700.000 Euro ... klang und klingt nach Krimi ohne Leiche ... ist mysteriös und hinterlässt viele Verletzte. Die Wohnung wurde per Gericht beschlagnahmt und versiegelt, alle Türschlüssel abgegeben und kurze Zeit später begann der Zivilprozess. Der Kläger, das Sozialamt der Stadt Salerno, vertritt die Tochter meiner Tante. Sie ist, seit sie ca.15 Jahre alt ist, psychisch gestört und in dessen Obhut. Die Angeklagten sind die Erben, also wir Kinder oder Geschwister. Hier wurde ich konfrontiert mit der bösen Seite der Familie Testa oder dem langen verschwiegenen Geheimnis. Und von nun an hatte ich in der eigenen Familie Feinde und heute noch rede ich mit meiner kleinen Schwester und deren Familie nicht mehr. Meine Philosophie des Loslassens ... hier kann ich nicht loslassen und das möchte ich auch nicht.

Warum auch? Ich bin nicht nur verletzt und hintergangen, sondern beraubt worden. Nicht nur um Geld, sondern um die Ehre und das brennt auf meiner Seele. Ich habe es innerlich, aber nicht offiziell verziehen, aber auch nicht vergessen. Die Wunde ist noch offen, der Prozess ist immer noch nicht zu Ende. Italienkenner wissen es, es lebe die Bürokratie.

Als meine Mutter vor 6 Jahren in der Klinik starb, war ich zuhause in Salerno, in Süditalien und bekam ihren Tod aus der Nähe mit. Am Tag danach, beim Familientreffen, wurde die Beerdigung und das Grab arrangiert und die Frage, was geschieht mit der schönen alten Wohnung in der Altstadt? Da ergriff mein Schwager, der „Winkeladvokat", das Wort mit einer sehr ernsten Mine und verkündete, dass es da ein „kleines Problem" gäbe. Wir würden bald vom Gericht hören, beim Erben. Da wurde ich zunächst, wie von einem Schock gelähmt, dann wütend, sauer, sogar handgreiflich. Ich sprang meinem Schwager schreiend an die Gurgel „Wie konntest Du so was tun, als Christ?" Er: „Das war deine Mutter". Ich war über mich und den ganzen „Familien-Clan" entsetzt, um es milde auszudrücken.

Das „kleine Problem" war in Wahrheit ein großes, mit Schulden und verschwundenem Geld, aus der Bank, von der schon vor Jahren verstorbenen Tante. Wir reden von circa 700.000 Euro ... klang und klingt nach Krimi ohne Leiche ... ist mysteriös und hinterlässt viele Verletzte. Die Wohnung wurde per Gericht beschlagnahmt und versiegelt, alle Türschlüssel abgegeben und kurze Zeit später begann der Zivilprozess. Der Kläger, das Sozialamt der Stadt Salerno, vertritt die Tochter meiner Tante. Sie ist, seit sie ca.15 Jahre alt ist, psychisch gestört und in dessen Obhut. Die Angeklagten sind die Erben, also wir Kinder oder Geschwister. Hier wurde ich konfrontiert mit der bösen Seite der Familie Testa oder dem langen verschwiegenen Geheimnis. Und von nun an hatte ich in der eigenen Familie Feinde und heute noch rede ich mit meiner kleinen Schwester und deren Familie nicht mehr. Meine Philosophie des Loslassens ... hier kann ich nicht loslassen und das möchte ich auch nicht.

Warum auch? Ich bin nicht nur verletzt und hintergangen, sondern beraubt worden. Nicht nur um Geld, sondern um die Ehre und das brennt auf meiner Seele. Ich habe es innerlich, aber nicht offiziell verziehen, aber auch nicht vergessen. Die Wunde ist noch offen, der Prozess ist immer noch nicht zu Ende. Italienkenner wissen es, es lebe die Bürokratie.

Am Werk sind die Begünstigten, die erschweren und manche sind Helfer, eine „Es-ist-mir-egal Haltung". Das ist fast überall an der Tagesordnung.

Laut Statistik, beträgt die normale Prozessdauer in Italien etwa 7 Jahre.

„Campa cavallo che l`erba cresce", sinngemäß heißt das: „Du kannst warten, bis du schwarz wirst"

Dieser italienische Spruch, finde ich, beschreibt und verdeutlicht den italienischen Zustand, besonders beim Gerichtsverfahren also: Lebe Pferd (es ist ein alter geschwächter Gaul, stellvertretend für Leute die durch allgemeine Unzufriedenheit zermürbt sind und alt werden, und nicht mehr warten können) - bis das Gras gewachsen ist, heißt, bis die Lage der Nation besser wird.

Die Lektion habe ich gelernt. Auf die Frage, ob ich nach Italien zurückkehren möchte, wenn ich nächstes Jahr in Rente gehe, antworte ich: „Nein, ich bleibe hier, weil ich mich hier so richtig wohl fühle, und hier ist mein zuhause".

Nicht nur meine Mutter starb, sondern auch meine Familie starb mir und auch die Trauer um meine Mutter. Das ist wirklich sehr sehr traurig, denn sie hatte vermutlich wissentlich diese Straftat angezettelt mit Hilfe der kleinen Schwester. Mir und meiner Schwester Maria Grazia gegenüber, die nicht beteiligt waren, über die Jahre verschwiegen.

Warum wohl ... sie kannte meine Empfindlichkeit und Sinn für Gerechtigkeit. Wie der Volksmund sagt: „Wo keine Gerechtigkeit ist, ist auch kein Friede". Ich konnte nicht richtig trauern, keine Tränen und kein Gebet kam über meine Lippen. Am Tag nach der Beerdigung reiste ich sofort ohne Grabbesuch zurück nach Koblenz ab. Ich war in einem Ausnahmezustand, wie im Kriegsrecht. Mit einer Mischung aus Wut, Trauer und im übertriebenen Sinn, hatte ich sogar Mordgelüste. Es war für mich unfassbar ... wie konnte so etwas geschehen? Waren sie von allen guten Geistern verlassen? Hatten sie, als katholische Musterfamilie geltend, alles über Bord geworfen? Meine Erziehung und Kindheit war in Ordnung und sogar schön, mit tollen Erinnerungen und nur die Erfahrung mit dem katholischen Internat war schrecklich ... dazu später.

Wieder stellte sich die Frage: Warum? Nun, dieses Mal weiß und kenne ich die Antwort. Bin dahintergekommen, habe recherchiert mit Hilfe von meinem Bruder Camillo. Sie lautet: Habgier und ein schnelles Erreichen wollen eines sozialen Status, den andere mit viel Fleiß über viele Jahre sich erarbeiten. Tolle Wohnung kaufen, Hochzeit, neues Auto und Hochzeitreise finanzieren, auf Kosten der anderen.

Also ich kam mir „verarscht" vor, salopp gesagt. Entschuldigung, ich finde kein anständiges Wort dafür. Da ich bekanntlich temperamentvoll und sensibel bin, bekam ich gelegentlich Wutanfälle und drohte, nie mehr nach Italien zu Besuch zu fahren. Gisela dagegen ruhig und besonnen, hat mich aufgemuntert und getröstet über die Jahre und gesagt: „Komm Leo, vergiss es, du hast ja uns". Es war und es ist in der Tat ein Trost und mit „Uns" meinte sie nicht nur den Sohn Oliver, sondern auch die Familie der großen Schwester Renate, wohnhaft in Bendorf. Sie sind Verwandte, die sich um uns „sorgen" und an einem Familienzusammenhalt arbeiten. Ein Beitrag zur Lebensqualität. Denn hat man ein intaktes Familienleben, kann man unbeschwerter durch den Alltag gehen. Ein freundliches und friedliches Miteinander ist hierbei besonders wichtig. Aus diesem Grunde ist die Familie der großen Schwester für mich bedeutsam und einmalig.

Dieses Trauma, die Tat, die Folgen lassen mir heute noch keine Ruhe. Nur das zu schreiben, bringt schon mein Blut in Wallung, Wut und innere Unruhe steigen auf und dann verfluche ich auf italienisch die kriminellen abtrünnigen Verwandten.

Die Lektion: Was habe ich gelernt?

Für die Familie bzw. den/die Partner/in sind Kommunikation und Fairness die Grundpfeiler, die das Ganze tragen. Ansonsten droht ein Sturz mit ernsthaften Folgen.

Herbst/Winter 2014 - Sehnsucht und Suche nach Zweisamkeit

Ja, ich Leonardo habe es getan und bin Stolz darauf. Das erste Mal ohne Gisela, meine verstorbene Frau, war ich Anfang Oktober in Urlaub in Dresden und Leipzig. Es war schon geplant seit Dezember 2013, nur zu zweit, nicht bis ins Detail aber skizzenhaft mit Hauptzielen. So war ich ziemlich gut vorbereitet. Die Zeit in Dresden und Leipzig, die Landschaft, die Sehenswürdigkeiten und die Leute, all dies zu sehen, zu verstehen und zu erleben war nicht so einfach, denn mir hat was gefehlt. Dennoch ging ich auf Besichtigungstour mit Freude und Neugier. Ich sah zum ersten Mal die Frauenkirche, ein wahrlich prägender sakraler Monumentalbau... einzigartig und auch schön der Zwinger, ein barocker Gebäudekomplex mit Gartenanlagen zum Spazieren, Staunen und Verweilen. Tage später machte ich eine Schiffstour mit dem Raddampfer durch das Elbtal, mit eigener Kulturlandschaft... ein besonderes Erlebnis. Hier an Bord bekam ich einen Anfall von Schmerzen und Trauer, der mit einem Wutausbruch, besonders im Gesicht zu sehen war, gefolgt von Tränen. Ich lief Richtung Toilette, um mich vor den Blicken der anderen Ausflügler dort zu verbergen. Scham kam und mir waren meine Gefühle peinlich und plötzlich fühlte ich mich wie ein gebrochenen Mensch kurz vorm Zusammenbruch. Ich setzte mich auf die Toilette und wartete auf das Ende der extremen Gefühle. Es dauerte eine Weile. Im Kopf das Gedankenkarussell drehte sich mit Warum-Fragen, Bilder der Zweisamkeit und wieder „Warum ist es so?" Gisela ist weg, lebt nicht mehr. Ich spürte Aggressionen, Unwohlsein, Enge im Brustkorb und dann kommt diese diffuse Ohnmacht, wo ich mich festhalten muss. Ich konterte dagegen mit positiven und schönen Gedanken, aufgegriffen aus dem gemeinsamen Speicher der Erinnerung. Damit wurden die kreisenden negativen Gedanken weniger und langsamer. Nach einer undefinierbaren Zeit stieg in meine Nase ein Kloakengeruch und ich hörte etwas, wie einen Donnerschlag. Klar ich war noch in der Toilette... dann schnell raus. So komisch und unerwartet änderte sich dieser Wutausbruch. „Gott sei Dank" mein erster und stärkster Wutanfall im Urlaub. Mit ruhiger und besserer Fassung ging ich wieder hoch an Deck, schaute mir das Elbtal, das Sandsteingebirge mit bizarren Formationen, die Dörfer, die gut gelaunten Urlauber um mich herum an und machte mit meinem Handy Erinnerungsfotos.

Ich hatte in dieser Zeit auch schöne und nette Begegnungen mit den Einheimischen im Hotel und unterwegs ... wobei ... mit dem sächsischen Dialekt ist die Aussprache schwer zu verstehen. Die Erfahrung und das Erlebte im Urlaub haben mich bestärkt und motiviert weiter zu leben, Optimist zu sein und mit Hoffnung sage ich mir: „Ich vertraue darauf, dass mir das Leben genau das gibt, was für mich vorgesehen ist". Mir wurde klar ... das Leben leben ... akzeptieren, so wie es ist und nicht fest hängen an Schmerz und Trauer. Dieses Leben ist und bleibt eine Prüfung, aus der man gewachsen hervorkommt oder weiter vor der Realität davonläuft. Es gehört dazu, immer wieder tief zu fallen und wieder aufzustehen - ob man nun will oder nicht. Eine Herausforderung und immer wieder, wenn ich mich besonders sicher geliebt und getragen gefühlt habe, brach meine Welt zusammen. So dass ich manchmal im rauen Ton, Blick nach oben, nur noch gebetet habe: „Lieber Gott, lass es das letzte Mal gewesen sein. Lass mich endlich in Ruhe – ich kann nicht mehr". Ich weiß nicht ob es jemanden gibt, der überhaupt meinen Gebeten zuhört oder ob jemals jemand da war. Das Schlimmste für mich war das Gefühl, unterwegs allein zu sein und allein dazustehen ... gefangen in meiner eigenen kleinen Welt ... völlig unfähig zu begreifen, warum, dies alles geschehen muss.

Dass Veränderungen zum Leben gehören, habe ich genug erfahren. Nur dieses Mal bin ich von meiner starken emotionalen Seite überrascht. Ich habe dafür nur eine Erklärung: Gisela und ich hatten eine starke Bindung und gewissermaßen spüre ich diese heute noch. Die Hoffnung und der Wille weiter zu Leben lenken meinen Blick vom Unabänderlichen auf das, was änderbar ist. Das ist die einzige Konstante im Leben, spürbar und messbar:

Veränderungen.

Irgendwann lassen sich realistische Ziele entdecken, die sich mit entschlossenem Handeln erreichen lassen. Das sorgt für neue, positive Erfahrungen und die wiederum stärken das angeschlagene Selbstbewusstsein.

Was kann ich sofort ändern? Na klar, dass nicht allein sein.

Darum entschloss ich mich nach dem Urlaub, im November, auf Webseiten für Singles im Internet nach einer Partnerin zu suchen.

Es war sicher eher eine Tat der Verzweiflung aber auch heilsam das Alleinsein beenden zu wollen ... ich konnte und wollte die gegenwärtige Situation ändern.

Meine Sinnkrise war gekennzeichnet von einer beginnenden Seuche: der „Todessehnsucht". Diese erschien mir die einzige und berechtigte Erlösung zu sein. Andererseits meldete sich bei mir die Sehnsucht nach Zweisamkeit als Flucht nach vorne. Also Entfliehen aus der Depression und kämpfen um ein erfülltes glückliches Leben mit der gleichen Waffe ... der Sehnsucht.

Statt Verzweiflung ... Zuversicht, Flucht nach vorne ... von der Einsamkeit in die Zweisamkeit.

Ich wünschte mir ein „Normales Leben" zu leben ... als Nahziel.

Mit „Normalem Leben" ist gemeint ... Alltagsbewältigung ohne „Innere Blockaden" konsequent anzugehen. Als Fernziel ... mit einer Partnerin an der Seite und irgendwann richten wir somit gemeinsam den Blick in die Zukunft.

Ich suchte ein paar bekannte Portale für Singles und meldete mich an. Zunächst zum Testen und sehen was passiert. Mit Anfänger Schwierigkeiten, denn es war für mich neues Terrain, erstellte ich ein Profil, machte ein Foto von mir mit dem Selbstauslöser und schrieb dazu einen Text. Ich wusste nicht so genau was ich schreiben sollte und schaute mir ab, was so die anderen geschrieben haben. Dann verfasste ich meinen eigenen Text mit dem Wunsch nach einer Partnerin. Ich beantwortete brav alle Fragen, die für die Basis der psychologischen Auswertung dienten. Es war viel und manchmal habe ich über die Frage nicht nachgedacht und einfach spontan geantwortet. So legte die Suche nach einer Partnerin los.

Ich fing an die Profile zu lesen, fand diese Suche spannend wie ein Lotto Spiel. Du schreibst an einige, aber Antwort kriegst du nicht immer. Über manche Antworten war ich perplex und erstaunt ... einige Angebote als Mail, mal nett ... mal unanständig sogar mit direkter Einladung auf ein Treffen „mit Sex und mehr" Trotzdem freute ich mich, dass sich überhaupt jemand für mich Interessierte.

Zwei Wochen später, siehe da, sah ich ein Frauen-Profil ... nette, hübsche sympathische Frau, mein Alter, wohnte auch nur in 30 Kilometer Entfernung.

Ich nahm Kontakt auf, indem ich ein paar Zeilen schrieb ... mit Sympathie, Neugier und Abenteuer habe ich gemailt: „Hallo B., bin fasziniert nur von Dir B. Eindrucksvolle, feminine, starke, liebevolle und mit einer gewissen Traurigkeit in deinen Augen. Eine nette attraktive Person, so ist mein erster Eindruck von dir. Wollen wir uns treffen? Sie antwortete: „Ja, gerne". Eine Woche später verabredeten wir uns zum persönlichen Kennenlernen. So kam das aller erste Date, Treffpunkt ... ein italienisches Restaurant, bestellt und gespeist und eine schöne Unterhaltung über unseren Alltag ausgetauscht ... von Mail zu Mail hatten wir mehr über uns erzählt.

Beim Essen im Restaurant fanden wir uns sehr sympathisch, zogen uns gegenseitig an und ich dachte, bin gerade dabei mich zu verlieren und zu verlieben. Ein tolles Gefühl, das mich umhaute. Letztes Mal, besser gesagt, zum ersten Mal, hatte ich dieses bei der Begegnung und Kennenlernen meiner Frau Gisela vor 21 Jahren.

Und es ist wieder da, meine „Innere Stimme" sagt, Leonardo,

Bitte Chance ergreifen und du kannst deinen Traum erleben wieder glücklich zu sein.

Die Chance bist du B.! Ich habe im Internet einige Fotos von Frauen gesehen ... Profile gelesen ... einige Angebote als Mail ... mal nett ... mal unanständig mit direkter Einladung auf ein Treffen „mit Sex und mehr". Über die vielen unterschiedlichen Antworten war ich überrascht. Zu Frau B. habe ich doch „Innerlich und Äußerlich" „JA" gesagt zu einem Treffen.

Nach dem Essen gingen wir am Rhein entlang spazieren und merkten eine starke Anziehungskraft ... langsam schleichend ... nicht überfordernd ... zu spüren war.

Da B. kein Auto hatte ... als Gentleman begleitete ich sie nach hause. Sie sagte zu mir: „Komm hoch, was Trinken." Das tat ich.

Du hast mich fast magisch angezogen, verwandelt und es lief wie im Kino. Verabredet, gesehen, sich anziehend gefühlt und plötzlich lagen wir da, Arm im Arm, küssend am Boden in ihrem Wohnzimmer.

Vertrauen und Hoffnung gegeben, in dem du mir dein „Okay und Einladung" zum Kennenlernen gabst. Ich gebe dir auch mein Vertrauen mit beiden Komponenten. Erstens, Vertrauen in mich selbst und in meine Fähigkeiten und zweitens, Vertrauen zu Dir als Frau, die ich schätze und begehre.

Nun, nach drei Wochen fast regelmäßigen Treffen wurde mir klar, ich bin nicht in diese Person verliebt, sondern in die „Erotische Sexuelle Komponente" dieser Frau. Wir haben uns im Einvernehmen getrennt. Für B. War es schmerzhaft, denn ich glaube, sie hatte sich in mich verliebt.

Eine aufregende, neue, schöne, interessante und teilweise unangenehme Erfahrung. Was war geschehen? Meine Innere Stimme getäuscht? Nein, Ich war einfach hungrig nach einer Partnerin, nach Beziehung, hatte die Sehnsucht geliebt zu werden und dieses auch zu spüren und zu fühlen. Ich war vor Erregung und Emotion blind ... in diesem Erotik Rausch verfangen und konnte mich zunächst nicht richtig sortieren. Ich hatte eine Partnerin für das Leben gesucht, keine sexuellen Abenteuer, denn Sex ohne Liebe gibt es auch.

Es war keine Liebe im Sinne von „Ich und Du", Verschmelzen und sich im Ausdruck des Sexuellen offenbart, sondern einfach Hormone und Emotionen haben verrückt gespielt.

Diese erste Erfahrung war sehr aufregend, fast animalisch und doch schön. Sie hat mich zum Nachdenken und zu mehr Wachsamkeit im Umgang mit Gefühl, Emotionen und Vorsicht beim Frauen-Profil gebracht. Es wird viel geschrieben.

Einen Monat später machte ich sogar Erfahrung mit der „Nigeria Connection Betrugsmasche". Beinahe wäre ich reingefallen, aber ich war wachsam und merkte an den Profilfotos, alles ist sehr schön aufreißend aufgebaut. Doch die Mail Antworten waren künstlich und in eine Richtung gelenkt ... mich scharf und Appetit auf die „falsche, aber sehr erotisch abgebildete Frau" zu machen. Und sobald deine „Liebe" für die Frau und das Verlangen wächst und mächtig wird, kommt die Frage nach Geld Überweisung, um sie zu sehen und zu treffen. Natürlich ist das nur Geld verdienen, es sind „Romantik Betrüger". Aber mit der Liebe, den Gefühlen der Menschen zu Spielen, ist nicht nur Betrug, sondern unwürdig und hinterlässt bei den Opfern Spuren der Verletzung und Ohnmacht ... wie nach Gewalttaten.

Ab diesem Moment wurde mir klar ... Webseiten für Singles und Inhalt können gefährlich werden und entsprechen nicht immer der Wahrheit.

Also Wachsamkeit ... Vorsicht ... Info einholen und lesen unter: www.*romantikbetrug.com* und niemals Geldleistung an Unbekannte ins Ausland überweisen.

Ab heute lese ich Frauenprofile im Internet aufmerksam, mit fast all meinen Sinnen ... mit Herz und Verstand ... dann versuche ich sie einzuordnen.

Auf Anfrage nach Kontakt antwortete ich nur noch nach 3 Auswahlkriterien:

- Hat mich beeindruckt und neugierig gemacht?
- Hat mich berührt und Hoffnung gegeben?
- Hat ein Foto?

Wenn „Ja", folgt prompt eine Antwort und die Einsicht in die Fotos oder Bildergalerie. Wenn „Nein", freundlich Kontakte ablehnen ... nicht beachten ... weitersuchen. Mit Foto ist es besser. Das äußere Erscheinungsbild oder Aussehen spielt auf jeden Fall eine entscheidende Rolle bei Frauen, so wie bei Männern, für ein mögliches „Erstes Treffen".

Äußeres Erscheinungsbild ist Teil der Körpersprache und sagt etwas über die Person und Persönlichkeit aus und offenbart einige Züge.

Der Pizzabäcker und die Lebensklugheit

Ein Kollege meiner Frau, als ich sie besuchte im Krankenhaus, gab mir einen Tipp, wo es eine gute Pizza zu Essen gibt ... in Pfaffendorf beim Jahn-Platz. Ich kannte die Pizzeria von früher, die war nicht wirklich gut. Er sagte: „Neuer Pizzabäcker, die Pizza ist und schmeckt wie in Italien, gehe hin iss und du wirst sehen und schmecken". Und so kam ich zu dieser einen Begegnung, die mich mit Freude, Freundschaft, Heimatgefühl und guter Pizza, wortwörtlich „Geist und Körper erfüllt" hat. Habe die Pizzeria „La Piazza" und den Pizzabäcker persönlich kennengelernt. Sein Name ist Massimo ... ein Sizilianer ... in den besten Jahren, wache Augen, mit Humor ... „Lebensklugheit" und ein ausgeprägter Sinn für Interaktion und Menschenkenntnis.

Er hat die Pizzeria vor 3 Jahren in Pfaffendorf übernommen und renoviert. Seit einigen Monaten, nach getaner Arbeit, verbringe ich dort meine Mittagspause. Es geht zu, wie in Süditalien... man begrüßt sich, lockere Gespräche und philosophieren über Gott und die Welt. Man isst die Pizza vom Steinofen, die genau auf den Punkt gebacken ist und anschließend wird ein Espresso „geschlürft".

Durch Massimo habe ich ein Aphorismus von Arthur Schnitzler verstanden. „Lebensklugheit" bedeutet ...Alle Dinge möglichst wichtig, aber keines völlig ernst zu nehmen.

Es ist in der Tat eine Erkenntnis und Lebensphilosophie der Italiener. Mehr der Süditalianer, denen es aus dem täglichen Leben quasi in die Wiege gelegt wird. Leben und Überleben im Armenhaus Mezzogiorno, wo Innovation und Qualität neben Verfall und Misswirtschaft besteht. Massimo ist ein würdiger Vertreter, als einer, der das Beste daraus gemacht hat. Er versteht und beherrscht nicht nur die Kunst des Pizzabackens, nicht zu dick, nicht zu dünn aber knusprig, sondern hat gute Menschenkenntnis.

Interessant ist die manuelle Bearbeitung des Teigballs zu beobachten. Durch Werfen des Teigs von der einen Hand in die andere, durch Drücken von innen nach außen mit den Fingern ... das Dehnen. Dieser Pizzateig schreit danach belegt zu werden und gleichzeitig unterhält sich Massimo mit den wartenden Gästen freundlich. Dabei verliert er nicht den Überblick rundum in der Pizzeria. Die Gäste ... Italiener, Deutsche, sonstige Nationen ... beim Bestellen fühlen sie sich persönlich freundlich angenommen und manche kennt Massimo schon lange. Die bekommen meistens einen tollen fast seriösen Witz erzählt, mit dem Einsatz der Körpersprache.

Die Lebensmaxime, die dahintersteckt, kann man in ein paar Worte fassen: Leben und Leben lassen. Mit meinen Worten bedeutet dies: „Sein eigenes Leben leben und auf das Leben seiner Mitmenschen nicht neidisch sein".

Man kann auch sagen „Zufrieden und tolerant sein".

Massimo führt die Pizzeria familiär. Er wird von seiner Freundin, einer blonden, netten, hübschen und fleißigen Polin, die Bestellung und Lieferung, so wie Tischservice übernimmt, unterstützt. An Wochenenden, an denen die Pizzeria gut besucht wird, bekommt er zusätzliche Unterstützung von Patrizia, der Tochter seiner Freundin, die ich auch persönlich kenne. Sie war mit mir unterwegs in der Ambulanten Pflege, im Rahmen der Krankenschwester Ausbildung und ist genauso nett, hübsch, effektiv im Service und hat gute soziale Kompetenz. In der Küche, die Köchin ... ebenfalls eine nette, fleißige und kompetente Polin. Sie beherrscht zu meinem Erstaunen die Italienische Küche wie meine Mutter. Die Nudeln und die Salate sind nicht nur köstlich zubereitet, sondern ähneln Kunstobjekten, die nur auf das Staunen der Augen und des Mundes der hungrigen Gäste warten.

Nicht zu vergessen, die Bedienung und Pizza Lieferant, Margaret ... auch Polin ... nett ... hübsch ... geschickt und ebenso mit sehr viel sozialer Kompetenz ausgestattet. Was für ein Team und gutes Teamwork! Die Regie und den Überblick behält Massimo, der ungekrönte, lebenskluge, sympathische Pizzabäcker. Ich glaube, es hat sich herumgesprochen ... Mund zu Mund Propaganda ... die beste Pizza an der rechte Rheinseite bei Koblenz ist eben bei Massimo zu bekommen und zu verköstigen. Sogar die Polizei auf Streife unterwegs, holt sich die Pizza und nimmt sie mit in ihre Polizeistation Lahnstein, um dort zu genießen.

Ich besuche „La Piazza" regelmäßig so 1- oder 2-mal wöchentlich ... nicht nur wegen der Pizza, sondern wegen Massimos Freundschaft. Wir reden in unserer Heimatsprache ... manchmal mit Freude ... Dialekt. Dann erzählen wir was los war oder ein paar Witze über das Leben ... das gibt mir dieses Heimatgefühl, welches ich manchmal vermisse. Ich denke Massimo geht es genau so. Er hat noch eine Gabe, er ist authentisch und integriert und in seiner Art ein Original, der Sizilianer und Italiener als „Lokalkolorit" widerspiegelt. Ich habe das Glück über die letzten Monate ihn näher kennengelernt zu haben und schön finde ich, wenn er mich „Paisa" nennt, was im Dialekt „Landsmann" bedeutet. Es ist eine Art Bekenntnis und gleichzeitig Ausdruck der Zusammengehörigkeit, die uns Italiener verbindet. Da ich Massimo in der Zeit der Trauerbewältigung begegnet bin, hat er mir, wenn auch unbewusst, geholfen und eine Stütze gegeben, mit seiner Art, und dabei habe ich meine Italiener Seite wieder neu entdeckt. Ich muss gestehen, Kontakte mit vielen Italienern habe ich nicht. Es hat sich einfach so nicht ergeben und da kam mir die Begegnung mit Massimo recht.

Einige Gäste kommen, besonders die Nachbarn, in die Pizzeria auch nur zum Grüßen, mit Ciao oder Buon Giorno, oder auch nur um einen Espresso zu genießen. Dabei liefern sie sich einen Smalltalk mit rudernden Händen, nach Italienischer Art, eine schöne, nicht nur melodisch, sondern auch Gesten reiche Sprache. Beim Gespräch mit Massimo kommt mir bewusst das tägliche Leben in Italien vor meine Augen, der tägliche Kampf des Lebens: Fehlende Kontinuität in der Arbeit und für die Zukunft. Fehlendes Geld und Konditionen, um Gegenwart und Zukunft zu planen. Die Italiener tragen und ertragen mit Geduld, denn sie haben durch Jahrhunderte fremde Besatzung erlebt, damit umzugehen gelernt ohne sich dabei aufzugeben. Bei uns hier, meiner

2. Heimat, wird manchmal gejammert und geklagt, dass es uns doch nicht so gut geht. Aber wo anders wird einfach gelebt und mit stoischer Geduld das Leben weitergelebt. Und siehe da ... es klappt trotzdem. Ich bewundere meine Landsleute und habe Respekt vor ihnen, doch missbillige ich ihre passive, nicht immer aktive Verbesserung, der eigenen Situation in 'Mezzogiorno", Ausdruck für Süditalien.

Der Mezzogiorno, das Wort Mezzo=Mitte, Giorno=Tag, wird gebraucht und bezeichnet Italien in den 1950er Jahren. Die Regierung hatte sich dazu entschieden, den unterentwickelten Süden mit Transferzahlungen aus dem „reichen Norden" und der Mitte Italiens zu unterstützen. So wie hier mit dem Aufbau OST zu vergleichen nach der Vereinigung. Mezzogiorno ist heute immer noch unterentwickelt. Verbesserungsversuche gab es genug, jedoch Fortschritt wird gebremst. Der italienische Journalist und Schriftsteller Beppe Severgnini, versucht mit seinen Büchern eine Analyse mit Witz und Ironie, Motivation und Argumente zu liefern, damit das Volk doch irgendwann einen Aufstand und Änderung wagen sollte. Hut ab Kollege ... weiter so und Danke.

Also, was habe ich ... so als Italiener ... der schon lange in Deutschland lebt und hier gut integriert bin, von Massimo dem Pizzabäcker gelernt?

„Alle Dinge möglichst wichtig, aber keines völlig ernst zu nehmen"

Begegnung im Februar und erste Frühlingsboten

Seit einer Woche habe ich ein Profil über Maria 60 im „Parship" gelesen und es hat mich nicht nur beeindruckt, sondern auch berührt. Worauf ich sie angeschrieben habe und um Kontakt zum Kennenlernen bat.

Eine wahre Entdeckung ist das geworden und gestern haben wir telefoniert. Ihre Stimme war warmherzig, angenehm, voll Harmonie. Ich habe überlegt, wo liegt das Geheimnis, dass Maria so klingt? Sie ist mit sich selbst im Reinen oder Selbstliebe? Ja, das ist es, das Geheimnis des Lebens, Selbstliebe! Auch Jesus hat das gesagt und sie ist die Voraussetzung zur Nächstenliebe. Hier liegt noch was drin, ganz wichtig, das Loslassen, um Selbstliebe und überhaupt lieben zu können.

Durch Marias Profil und das Gespräch mit ihr, wurde mir wieder bewusst, dieses absolut für mich „Erste Gebot" im Leben. Dann fühlt man sich sicher im Alltag und in besonderen Situationen wie Trauer, Schicksalsschlägen, Krieg und….

Einfach ist das nicht, jedoch „an sich arbeiten" wird möglich, die Grundhaltung zu Selbstliebe wiederfinden und sich erinnern, wir sind wertvolle und liebevolle Menschen, aber auch von unangenehmen Personen mit einer Negativgrundhaltung umgeben.

Nach Viktor Frankl kann der Mensch seinem Leben prinzipiell in jeder Situation Sinn abgewinnen oder geben, solange er bei Bewusstsein ist. Er stellt fest: „Wer ein Warum zu leben hat, erträgt fast jedes Wie". Der „Wille zum Sinn" bestimmt unser Leben. Als Mensch etwas Sinnvolles zu tun und in etwas Sinnvolles eingebettet zu sein, ist notwendiger Bestandteil unserer Integrität und Gesundheit.

Heute, 8. Februar 2015, Verabredung und 1. Treffen mit Maria zum Pizza Essen in Pfaffendorf.

Die Begegnung lief wie erwartet. In einer tollen Atmosphäre bei

Pizza und einem Glas Montepulciano Wein haben wir uns Vieles erzählt. Dabei ging eine starke Anziehungskraft, mit Ausstrahlung und Glücksgefühlen von ihr aus. Ein Blitzgedanke ging mir durch den Kopf... „Ich sitze gegenüber einer wildfremden Frau mit Namen Maria. Aber halt! Das ist eine liebevolle, attraktive, jung gebliebene - Fremde und Sie Gefällt mir".

Später, nach dem wir die Pizza gegessen hatten, wagte ich eine zarte Handberührung ... mir kam noch ein Blitzgedanke „Maria" Verwandlung in ein „Du" wird herzlich und spürbar. Es folgte ein Spaziergang über den Leinpfad am Rhein entlang, ohne Berührung nebeneinander her. Durch Pfaffendorf, da haben wir uns zart berührt und Maria gab mir die Hand und so gingen wir Hand in Hand, mit etwas Tempo, (es war kalt) begleitet von Glücksgefühl in den Abend hinein. Beim Abschied eine Umarmung und zarte Küsse ... mit den Worten ... „Wir telefonieren und hören voneinander". Es ist Zuneigung. Sich zu Maria emotional hingezogen fühlen und körperliche Nähe suchen. Die Sehnsucht ... das Begehren des Gegenübers ... „Ich" und 'Du' mit Verwandlung in „Wir" ... Hand in der Hand ... Herzklopfen und das Glücksgefühl am eigenen Körper spüren. Auf dem Rückweg zum Auto habe ich gedacht, was für eine liebevolle, herzliche und wertvolle Person Maria ist. Kurz gesagt ... eine tolle Frau mit Intelligenz, Warmherzigkeit & Humor und dazu eine feine Schönheit.

Zu hause angekommen war ich zunächst müde, aber gleichzeitig auch aufgeregt und erregt ... es waren wunderschöne Stunden die im Nu verflogen sind. Einschlafen und Schlafen wurde problematisch. Mein Körper so wie mein Geist war wie ein Wechselbad der Gefühle oder eine Achterbahnfahrt ohne Stopp.

Da ich ein emotionaler Mensch bin, liegt es auf der Hand, dass dies passiert. Ich gebe es zu, es ist schön. Das Erlebte läuft ab wie Kino, nur das Problem ist, du bist Schauspieler und Zuschauer zugleich und abschalten im Kopf unmöglich. Bilder und Emotionen sind Fakten die Stimmungen zum Ausdruck bringen. Diese bewegen, berühren und treffen mit Wucht und Liebe gleichzeitig auf Dich.

Heute, 10. Februar 2015, als ich im Dienst zum Patientenbesuch unterwegs war, bekam ich plötzlich ein Unwohlsein-Gefühl, begleitet von einigen Tränen in den Augen ... musste eine kurze Pause einlegen und habe einen Espresso genossen. Es war ein Anfall von Wehmut und Sehnsucht nach dem verlorenen Partner und eventuell Schuldgefühle einen anderen Partner zu Lieben. Ich weiß, so was kommt ab und zu vor, denn die Verbindung zu Gisela war sehr stark.

Maria, das ist „Normal", es hat nicht mit Dir zu tun und stellt die neue Partnerschaft nicht in Frage. Es ist so ... eine Erinnerung.

Wenn so was vorkommt, Bitte Maria, nimm mich in deine Arme und halte mich fest, geliebt und beschützt fühlen - das wirkt auch Wunder für Wohlbefinden. Lasse mich deine Liebe spüren, denn das lindert den Schmerz und zugleich ruft es Glück herbei. Du bist das „DU" hier und heute, Gisela die Vergangenheit und Erinnerung, und wir Leben in diesem Augenblick.

Nach 10 Minuten konnte und habe ich wieder die Arbeit aufgenommen und zu mir gesagt: „Grab besuchen und Zwiegespräch mit Gisela führen", es besteht ein gewisser Klärungsbedarf. Klingt zunächst verrückt, aber in Wahrheit hilft es mir, den Rest der Trauerbewältigung loszulassen und abzuschließen.

Am Grab habe ich kurz innegehalten, still, auf mein Inneres gehorcht und die Antwort kam prompt in mir hoch. „Loslassen heißt, so sein Lassen".

Die Gegenwart Maria, vereinigt die Vergangenheit und Zukunft und im Hier und Heute Leben. Es kamen Tränen, die sowohl Trauer als auch Freude zum Ausdruck brachten. Ich bedankte mich bei Gisela für die zusammen gelebten schönen 21 Jahre. Mit Freude und Lächeln fuhr ich zurück nach hause.

Als ich zu Hause im Internet war, las ich über Umarmung... „Es wurde wissenschaftlich nachgewiesen, dass Umarmungen positive Auswirkungen auf die Gesundheit besitzen. Studien haben gezeigt, dass sie die Bildung der Hormone Oxytocin und Prolaktin fördern, den Blutdruck reduzieren, sowie eine vorbeugende Wirkung gegen Depressionen besitzen". Na dann, wenn dem so ist, lass uns mal öfter Umarmen und unser Gesundheit dienen.

Interessant ist zurzeit meine Antwort auf die tägliche Frage, „Wie geht's?" Antwort: „Bin Glücklich". Das spiegelt meinen Ist-Zustand und ist zugleich Ansporn „Glücklich" zu bleiben, es zu kultivieren und Vorsicht mit dem Feind, genannt „Routine".

Noch etwas, ein Lied von Udo Lindenberg, der Titel „Stark wie Zwei", beim Hören könnte er mich traurig machen. Ich bekomme Gänsehaut, denn es war das „Schweigsame Vermächtnis" meiner Frau. Es wurde bei ihrer Beerdigung in der Kirche sowie am Ende des Begräbnisses gespielt und der Text war auch Gegenstand der Predigt.

Also wo sind die ersten Frühlingsbote außer „Meiner Begegnung mit Maria"?

In meinem Garten sind blaue Wildkrokusse und weiße Blumen wie kleine Margeriten. Jeden Tag wird es draußen heller und grüner, die Vögel zwitschern immer heftiger, die schwarzen Krähen krächzen sehr laut und leider lassen sie auch unliebsame Vogelexkremente fallen. Also der Frühling ist unterwegs, was mich freut, denn ich bin ein Widder und weiß, im Frühling wird Vieles einfach, besonders Wandern und Natur genießen. Natürlich auch die Hormone beim Menschen spielen verrückt, lösen einen Rausch der Gefühle aus. Für diesen Zustand als Mensch sind wir froh und handeln danach, denn die Liebe braucht auch Pflege. Ja Maria, Liebe entsteht ganz von alleine - aber wer sie erhalten möchte, muss sie pflegen. Dazu gehört unter anderem sich Zeit nehmen und Kommunikation, nur so können wir wissen und erfahren, was den anderen bewegt, was er denkt und wünscht. So war es in der Ehe mit Gisela und ich hoffe auf eine Wiederholung dessen, was unsere Beziehung erhalten hat, beim neuen oder nächsten Partner.

Schwerdonnerstag, 12. Februar 2015, kam es zum zweiten Treffen mit Dir Maria. Es lief harmonisch und war romantisch schön und es hat uns sehr gut geschmeckt im Restaurant „Castello". Bei unserer Unterhaltung haben wir so herzlich laut gelacht und ich dachte vor Freude und Glück würde ich explodieren. Aber die einzige Explosion war unsere gemeinsame Freude beim lauten Lachen und zwischendurch kleine Küsse als Besiegelung der intimen Momente. Und heute beim Spazieren Hand in der Hand, die Sonne auf unseren Gesichtern, die uns so zart küsste und wärmte. Dann später, als wir über den Deich am Rheinufer entlanggingen, in diesem intimen Moment, kam mir der Gedanke ... „Wie schön ist diese Zweisamkeit". Und noch was ... mich begleitet das Gefühl, Maria, als würde ich dich schon lange kennen.

Zweisamkeit ... Nähe ... Distanz, die mir wieder begegnet und die ich mit dir entdecke, ist beim Verliebt sein ein Ausdruck der Sehnsucht nach dem wichtigsten Menschen in meinem Leben.

Und das bist Du Maria. Wie Du schon festgestellt hast, bin ich ein Romantiker und so fühle ich mich auch und ich glaube, du bist es auch. Unsere Beziehung braucht Romantik, sie gehört einfach dazu, dafür wird auch mein Naturell sorgen.

Ich fand heute, der Spaziergang am Deich mit Sonne und eine kleine kühle Brise, romantisch ... es hält uns in Schwung und ist natürlich gesund.

Romantik, Maria, heißt ... sich gegenseitig zuzuhören und für den anderen da zu sein.

Romantisch sein heißt sich Zeit füreinander zu nehmen und vor allem heißt Romantik ... dem anderen zu zeigen, dass wir ihn lieben. Das genau tun wir und dazu wächst unser gegenseitiges Vertrauen. Schön fand ich den Moment, als du spontan deinen Kopf liebevoll auf meine Brust gelegt hast, da habe ich Harmonie, Geborgenheit und innige Verbundenheit gespürt. Ja Maria, „Ich Liebe Dich". „Innige Verbundenheit" klingt klischeehaft und Kinoreif, aber ich weiß es, die kurzen Nächte, ständig an dich denken, die Berührungen und die Sehnsucht nach dir bestätigen es mir. Es entfacht in mir eine Leidenschaft, die, wenn ich bei dir bin, wie ein Feuer und Flammen in mir brennt, schwer zu bändigen.

Ein Spruch, den ich jetzt besser verstehen kann ... „Liebe ist Leidenschaft, Liebe ist Hingabe, Liebe ist Jemand ohne den man nicht leben kann"

Zurück zu Zweisamkeit, Bindung und Beziehung ... „Um sich richtig fallen lassen zu können, ist viel Vertrauen erforderlich". Maria, das werden wir wohl die nächste Zeit sicher leben und erleben. Das Wünsche ich für uns Beide. Dann bis Sonntag 16.00 Uhr

In Liebe Leonardo

Endlich, seit heute Nacht 13.-14. Februar 2015, schlafe ich besser und auch durch und dadurch wache ich ausgeruht am Morgen auf. Gestern Abend und auch den ganzen Tag über habe ich meditiert und über uns nachgedacht, Zwiegespräche mit mir selbst geführt, inne gehalten vor dem Einschlafen und dann für mich festgestellt... „Maria, ich weiß, Du bist in mir und bist auch noch da, wenn ich aufwache, dann gerade jetzt, wenn ich schlafen gehe, Gute Nacht". Ich habe das Gefühl es kommt etwas auf mich zu, was ich nicht kenne und mir doch vertraut ist, ich glaube, es ist die „Verlust Angst" ... aber Warum? ... Wozu? ... ich bin doch Glücklich.

Nun ist der Zeitpunkt eine Bestandsaufnahme der Situation zu erfassen, um den Verlauf und die Schritte, die bis dato gemacht wurden, zu verstehen. Wir sind kompatibel ... die Chemie stimmt, denn es hat gefunkt ... wir gewöhnen uns gerade aneinander ... gehen den Weg gemeinsam Hand in der Hand. Wir kommunizieren und sind Erwachsene, Herz und Verstand gehen auch gemeinsam und doch schleicht sich in mir ein Gefühl ein, das negative Gedanken bringen will. Ich weiß aus der Trauerbewältigung, dass so was eintreten kann und das Kommando über mein Herz und Verstand übernehmen will. Doch ich bin wachsam und achtsam und habe die letzten Monate mit Schmerz und negativ aufkeimenden Gedanken gelernt umzugehen. Ich lasse mich nicht unterkriegen, werde mein Herz und meinen Verstand im Einklang behalten, koste es, was es kostet ... egal, auch wie. Mir kommt gerade die Übung in den Sinn, die ich in meiner Kur gelernt hatte und von Zeit zu Zeit anwende ... die „Ampel Entspannung".

„Konzentriere dich lediglich auf deinen Herzschlag und auf deinen Atem ... alle störenden Gedanken, die sich einmischen wollen, werden dabei mit einem Lächeln begrüßt und gleichsam verabschiedet.

Begrüßt sie mit dem Einatmen und verabschiedet sie mit dem Ausatmen".

„Mach dies einige Minuten lang, bis du wirklich spürst, wie die Kraft deines Herzens immer mehr den magischen Augenblick ausfüllt. Es ist meine Präsenz, die nun den ganzen Raum um mich herum ausfüllt.

Herz und Verstand bei Lebensentscheidungen einzusetzen ist wichtig.

Fast jeder im Restaurant ist bei der Entscheidung ... Was will ich essen? ... und Bestellen vom Menü schon überfordert. Was wird bestellt? ... nach langer reiflicher Überlegung ... das Gleiche, wie immer.

Will man eine neue Partnerschaft eingehen, darf man nichts überstürzen, sondern sollte es langsam angehen lassen.

So sagte es auch Maria zu mir, denn sie braucht Zeit. Zeit zum aneinander Gewöhnen, an die neue Situation, um eine gemeinsame stabile Basis aus Nähe und Distanz aufzubauen. Ja Maria, ich denke genau so. Es ist also sinnvoll schon in dieser Anfangsphase Wünsche und Probleme anzusprechen. Es ist die Kennenlernen Phase und so soll es sein. Ich meine hier damit nicht das einfach Sehen und Riechen der Partner. Nein, es ist mehr gemeint, man gewöhnt sich aneinander und lernt den anderen immer näher kennen.

Die Partner wissen, was sie aneinander haben und wie sie miteinander umgehen. Auch nach Außen ist diese unsichtbare Verbindung spürbar ... ein Paar wird als Einheit angesehen und nicht mehr unbedingt als einzelne Personen. Doch dieses wird nicht als störend empfunden.

Bei mir und Maria geht es so ... aus der Begegnung wachsen Achtung, Respekt und Geborgenheit.

Gestern haben wir telefonisch uns verabredet für den Sonntag nach Valentinstag, denn Maria hatte gerade anderweitig familiäre Verpflichtungen. Am Telefon fragte ich Maria, was wir unternehmen wollen ... und sie, so klug und mit Ruhe antwortete ... „Leonardo lass dir was einfallen". „Gut Maria, ich werde mir was ausdenken, Ciao und Gute Nacht".

Maria, als kluge Frau und die Ruhe in Person, hatte mir das Organisieren unserer Verabredung überlassen. Wirklich sinnvoll, taktisch gut. Denn sie hatte geahnt, es kommt sicher was Gutes, Sinnvolles und Romantisches dabei heraus. Ja Maria, ich muss gestehen, deine Menschenkenntnis ist ausgezeichnet, deine Entscheidungen sind von Lebenserfahrung, Intuition, Intelligenz und Weisheit geprägt. Denn wie du mir schon gesagt hast, deine letzten Jahre, durch die Scheidung, Familie mit 2 Kindern weitergeführt als Power Frau, bist du über dich hinausgewachsen. Der Rest der Erfahrung kommt sicher durch deinen pflegerisch-sozialen Beruf mit Müttern und Kindern, die dir anvertraut sind, tagtäglich mit deinem Team kümmerst und sorgst für ihr Wohlergehen.

Hut ab Maria, weiter so!

Zurück zu meiner Aufgabe ... Verabredung gestalten und dabei unsere Wünsche, so wie unser Verständnis für gemeinsame Freizeit nicht aus acht lassen. Maria und ich wollen den Moment genießen, heißt das Leben genießen. Anders gesagt ... wie ich irgendwo gelesen habe: „Wer die Fähigkeit besitzt, jeden Moment zu genießen, ist bedeutend reicher, als er im Moment noch glauben mag. Denn er benötigt keine großen Taten, um in sich das Gefühl von Erfüllung und Bedeutsamkeit zu erzeugen". Die Macht und Faszination des Augenblicks, ist unabhängig von Vergangenheit und Zukunft, es ist Hier und Heute. Und dabei wird uns bewusst, dass die Frage, die sich viele Menschen stellen ... „Was war gestern und was wird morgen sein?", gar keine Bedeutung mehr hat.

Mir ist eingefallen, warum nicht essen gehen in ein Gourmetrestaurant, wo alle Sinne und Gaumenfreuden sich vereinen? Wie in einem Ambiente mit französischem Jugendstil geschmückten Tempel? Mir kam der Name „Le Chopin" im Hotel Bellevue in Boppard in den Kopf und ich reservierte sofort für Sonntag 18.30 Uhr einen Tisch. Wir hatten 3 gute Gründe zu Feiern ... Unsere Begegnung ... Valentinstag und unseren neuen Lebensabschnitt. Dann überlegte ich weiter ... ein Geschenk möchte ich Maria machen ... eine Geste und Symbolik zum Thema Leben, Werden und Sterben. Mir fiel ein, das Ägyptische Kreuz, ein Schutz-Amulett der Pharaonen und Priester im Alten Ägypten, mit tiefem Symbolinhalt ... die Lebenskraft. Das Symbol selbst besteht aus einem „T" mit einer aufgesetzten halben Lemniskate, eine schleifen förmige geometrische Kurve. Ich kaufte dieses kleine Kreuz aus Silber beim Juwelier und verpackte selbst mit einem Infozetteln in alter Schrift in eine hübsche Schatulle. Jetzt wusste ich und sagte mit großem Stolz zu mir ... „Leonardo, damit kannst Du sicher sein, es wird eine Überraschung und eine Freude ... nicht nur für Maria, sondern auch für mich."

Sonntag 16.15 Uhr, ab zu Maria, sie abzuholen. Auto geparkt ... geklingelt und ich hörte Marias Stimme vom 1. Stock ... „Komm hoch"! Diese spontan nette Aufforderung in die Wohnung zu gehen, in ihr „Heiligtum" ... ehrlich, das hatte ich nicht erwartet. Aber Maria ist so frei und handelt intuitiv, und das liebe und schätze ich an ihrer Persönlichkeit. Mit Mut, Neugier, Freude und Achtung betrat ich die Wohnung ... freundlich mit Wangenkuss und Umarmung wurde ich von Maria begrüßt und empfangen. Maria hat mir das eigene intime Wohnen, ich nenne es Heiligtum, wo nicht jeder Zutritt hat, mir, noch quasi Fremden eröffnet und gefragt „Leonardo, möchtest du auch einen Grünen Tee trinken?" Was für ein Fortschritt in einer Beziehung, der uns bestätigt, unser Vertrauen wächst im Quadrat der Entfernung zum Ziel (Werden). Ich dankte ihr, dass ich ihr Heiligtum betreten darf und gerne einen Tee nehme. Darauf hat sie mit Freude gelacht und sich gewundert über meine Wortwahl. Daraufhin habe ich Maria in reger Unterhaltung erläutert, warum in meiner kreativen Fantasie das Wort „Heiligtum" vorkommt. Es ist ein Ort, der im Religiösen besondere Verehrung und Wertschätzung, die Tabuisierung und Schutz bietet. Die eigenen vier Wände sind es auch für uns: Schutz ... Geborgenheit ... Gemeinschaft mit den vertrautesten Menschen ... Austausch von Zärtlichkeit ... Aufbewahren persönlicher Gegenstände ... sowie private Haushaltsführung.

Beim Tee trinken führten wir eine anregende Unterhaltung über unser Leben vor unserer Begegnung, um uns besser verstehen zu können, wie wir heute geworden sind. Dabei zeigte mir Maria die Fotos ihrer beiden Töchter, Jane und Irina. Sie sind hübsch und mir fiel auch auf, warum. Beim Betrachten fällt sofort auf, dass unterhalb der Augen, die Nase und feine Gesichts Konturen genau so wie bei Maria sind, der attraktiven hübschen Mutter.

Die Zeit verflog so schnell bei unserer Konversation, da hatten wir die Zeit vergessen. Es war kurz vor 18.00 Uhr und mussten schnell nach Boppard. Wir wollten pünktlich ankommen, denn der Genussstempel wartet auf uns sicher mit einigen Köstlichkeiten. Angekommen ... vornehm freundliche Begrüßung gefolgt von Mantel und Jacken abnehmen und dann wurden wir zu unserem reservierten Tisch geführt. Leider etwas weit entfernt vom Jugendstil Kamin. Das ganze Restaurant ist im Französisch Romantischen Jugendstil gebaut und gestaltet, so wie die Tischkultur ein Ambiente zum Verweilen und dabei genießen. Das genau taten wir über zwei Stunden. Wir haben Kochkunst, erlesene Speisen und edle Tropfen kennengelernt. Haben gestaunt und geschmeckt in einer ruhigen Atmosphäre, begleitet mit einer dezenten Musik im Hintergrund. Bei jedem Degustation Teller gab es vom uniformierten Oberkellner mit Poesie im Rezitativen Ton die fein detaillierte Erklärung der jeweiligen Köstlichkeiten. Maria und ich kamen aus Schmecken und Staunen nicht mehr raus. Alle Sinne waren beteiligt ... das Aussehen ... das Hören ... Tasten und natürlich essen. Am Ende jeder Köstlichkeit kam fast im Einklang von Maria und mir, von innen heraus die Bestätigung: das wohlige „mmmmhhhh". Ja es war ein Erlebnis ... im Hier und Heute ... in Zweisamkeit ... Unbeschwertheit ... Genuss voll toll und ein schöner Karnevalssonntag.

Geben und Nehmen und Marias Entscheidung

Heute 19. Februar 2015 wache ich auf mit dem Gedanken an Maria und unserer

Beziehung ... das Thema in mir ... Geben und Nehmen.

Seit einigen Tagen lebe ich zwischen Arbeit, Handwerker und Staub, der so weiß und fein wie Schnee ist und mein ganzes Mobiliar bedeckt, denn nicht alles lässt sich mit Tüchern abdecken.

Die Modernisierung und neue Gestaltung der Wohnung verlangt Geduld und eine Hand voll Humor, denn die Handwerker können mit ihrer Kunst und manuellen Arbeit auch mal Grenze und Geduld strapazieren. Dann, am Spätabend, endlich nach getaner Arbeit und einem genüsslich gegessenen Quinoa Salat ... das ist meine neueste kulinarische Entdeckung ... ein Genuss, der aus Linsen, Preiselbeeren und Quinoa „Inkareis", einem lebenswichtigen Grundnahrungsmittel besteht. Dann kommt spontan und instinktiv mit Freude das Telefonieren und Hören von Maria, die ich den ganzen Tag vermisse obwohl ich sie ständig mit mir und in mir „herumtrage". Beide verspüren und vermissen uns sehr, sehnen uns wieder zu begegnen, doch die Schichtarbeit im Krankenhaus, Baustellen und andere familiäre Angelegenheiten lassen es nicht direkt zu. Zurück zu uns, fällt mir auf, dass sich angezogen fühlen oder Liebe als Erwachsene anders ist, als wenn man jung ist. Und Maria empfindet und denkt auch so.

Also wo ist der Unterschied? ... oder besser gesagt ... was prägt und trägt diesen Zustand der starken Gefühle bei mir und Maria?

Die Antwort kommt spontan, instinktiv, klingt und ist einfach: es ist ein Wechselspiel von Geben und Nehmen. Denn jede Beziehung lebt von der Erfüllung der Bedürfnisse des anderen, ein Spagat zwischen egoistisch und altruistisch.

„Wer sich selbst nicht liebt, der kann auch keine Liebe geben". Jeder erlebt die Liebe anders, jeder versteht unter Liebe etwas „Anderes" und jeder empfindet das Gefühl des Geliebt Werdens bei unterschiedlichen Gelegenheiten. Ich behaupte und bin Überzeugt, das Geben und Nehmen prägen und tragen das Gerüst der Liebe, andernfalls droht ein Riss und Bruch bis zum Sturz der Partnerschaft. Was ist und was meine ich mit Geben und Nehmen in der Partnerschaft? Modern und aktuell ausgedrückt ... eine Win-Win-Strategie, die wie in der Wirtschaft zum Ziel hat, dass „alle Beteiligten und Betroffenen einen Nutzen erzielen". Jeder (Verhandlungs) Partner respektiert auch sein Gegenüber und versucht dessen Interessen ausreichend zu berücksichtigen. Es wird von gleichwertigen Partnern um einen, für beide Seiten, positiven Interessenausgleich gerungen. Die Auswirkungen auf Dritte sind dabei zu berücksichtigen.

Es klingt fachmännisch, technisch und kommerziell, aber keiner von uns will ein Verlierer sein. Also Win-Win ... Doppelter Gewinn ... und auf lange Sicht verspricht und hält dieser doppelte Gewinn das Gerüst der Liebe.

Die Frage, was gebe ich und was nehme ich? ... hängt vom Vertrauen und der Bereitschaft in die Partnerschaft zu geben ... zu investieren ab. Wir geben in dem Vertrauen, dass wir auch etwas zurückbekommen. Es gibt jedoch auch Menschen, die eine Partnerschaft eingehen, weil sie einen anderen Menschen ausnutzen wollen oder es von Kindheit an nicht anders kennen, als in der Position des Nehmers zu sein. Diese Menschen sind zu Bedauern, denn sie werden früher oder später Opfer werden. Das Gleichgewicht oder Spagat zwischen Geben und Nehmen ist eine Mischung aus beiden und als Verzierung oder Krönung kommen Komplimente, die spontan und herzlich das ganze Gerüst verschönern. ... Maria wir sind auf einem guten Weg uns eine Basis aufzubauen ... wir wissen worauf es ankommt und was wir wollen. Dann weiter so, in diesem Sinne eine feste Umarmung und Kuss. Bis dann...

In Liebe Leonardo

Liebe Maria, als ich heute Morgen aufwachte musste ich unweigerlich an unser Gespräch, das beim Schauen und Begutachten der Berge von Tupperware und dem Entrümpeln in meiner Küche stattfand, denken. Es war circa 4:30 Uhr, Zeit zu Duschen und Frühstücken und gleich Losfahren, denn die Arbeit wartet auf mich. Aber die Erinnerung an unseren Gedankenaustausch von gestern Nachmittag, reist und verweilte zwischendurch in mir. Es kam ein Denkanstoß und Erkenntnis zum Thema „Simplify your Life" ... von Ballast befreien oder was du nicht brauchst, wegwerfen. Vereinfache dein Leben, dieser Leitgedanke, Maria, ist ernst zu nehmen, denn wir und ich neigen zum Sammeln und mit dem Gedanken „Irgendwann brauchst Du's" endet es dann in überfüllten Schränken. Im Extremfall ... mit Sucht und Zwang als Messie.

So, wie Maria gemeint hat, dürfte dies mit loslassen und einfach leben zu tun haben. Oft hängen wir zu sehr an materiellen Dingen und wollen die Gegenstände festhalten. Doch die Stärke liegt im „Los lassen". Hierin liegt der Hund ... Pardon ... die „Wahrheit" begraben. Was die Redensart bedeutet, ist wohl den meisten klar: Sich lebhaft und von ganzem Herzen über eine Sache freuen und im Moment genießen, aber nicht krampfhaft daran festhalten.

Heute Nachmittag beim Schreiben habe ich begriffen, was es bedeutet und was zu tun ist. Also Leonardo, ran an die Arbeit und vergisst nicht ... Leben vereinfachen ... entrümpeln und entschleunigen und dies betrifft nicht nur Gegenstände in der Wohnung, sondern auch verborgene Gegenstände in MIR.

Zeit ... Gedanken ... Konsumneigung ... allerdings persönliches Entschleunigen dürfte bei meinem Temperament etwas schwierig werden, aber nicht unmöglich. Denn wo ein Wille ist, ist bekanntlich auch ein Weg. Das Leben fließt und wir mit ihm, das ist Harmonie. Wenn ich versuche das Leben festzuhalten, baue ich Hindernisse und es kommt zu Stau und Kollateralschäden, die teilweise irreparabel sind.

Was mich über dich Maria persönlich erfreut und ich als schön empfinde, ist das gut ausgebaute und weit greifende Sozialnetzwerk mit vielen verschiedenen Akteuren, die du um dich hast.

Primär ist deine Familie und der Nachwuchs, sekundär Freunde und Kollegen, so wie Familien und Kinder, die du betreust.

Als meine Frage kam, ob du in der Woche nicht mehr Zeit für mich hast? ... hast du so schön zu mir gesagt: „Leonardo, ich zeige dir meinen Terminkalender. Ich weiß es und habe es verstanden. Dies trägt und prägt dich Maria in deinem Profil und deinem persönlichen Dasein. Es ist dein Leben und dein Alltag, die dich begleiten und gleichzeitig tragen.

Ich bin auch überzeugt, das Ergebnis, die Harmonie, die dich kennzeichnet und die du ausstrahlst, kommt durch deine tägliche Begegnung mit deinem Gegenüber, sei es auf der Arbeit oder Privat. Deshalb Maria ist mein Kompliment „du bist eine tolle Frau" nicht aus der Luft gegriffen, sondern widerspiegelt, was in deiner Person ... was in dir steckt. Ich sehe und spüre, diese Anerkennung tut dir innerlich gut und gleichzeitig spornt sie dich weiter an, so zu handeln. Ich gestehe Maria, du faszinierst mich immer mehr, denn alle deine Talente kommen ans Tageslicht und bilden ohne Schriftform in meinem Herz das wahre Profil von dir. Was mich gestern Abend beim Pizza essen sehr erfreut hat, deine zwei Komplimente: Das Strahlen deiner Augen und mein Handkuss in Boppard, den du noch spürst, diese Bilder habe ich vor mir.

Und es stimmt, kann es bezeugen, denn das gleiche habe ich auch gedacht, das sind für uns zwei romantische und magische Momente. Übrigens ich Spüre auch noch unseren ersten Kuss unten am Rhein, es war toll und ist unvergesslich. Danke Maria, dass Du den Weg mit mir gehst und wir gemeinsam schöne Momente erleben.

Kuss und Umarmung bis bald.

In Liebe Leonardo

Dienstag 24. Februar 2015, ich war zu Hause und wartete mit Freude auf einen Anruf von Maria, um sie zu besuchen. Sie hatte mir gesagt „Leonardo, ich habe Dienstag Zeit, komme ca. 19:30 Uhr". Der Anruf kam und war für mich eine unerfreuliche Nachricht. Sie habe keine Zeit, sei nicht in mich verliebt und ich würde eine Frau brauchen, die mir mehr Zeit geben oder schenken kann. Ich war zunächst überrascht und schockiert, darauf nicht vorbereitet. Nun wusste ich aber, Maria hat sich für sich und nicht für uns entschieden. Maria hat Prioritäten, und was sie sich aufgebaut hat an Sozialem Netzwerk, das ist ihre Wahl; nicht Ich, Leonardo, und sie. Obwohl ich überzeugt war, es klappt mit uns beiden, und zwar mit der Integration des Sozialen Netzes, in der Beziehung, ohne Verluste und im Einklang mit allen Beteiligten. Das ist die Kunst, aber man muss es wollen und dazu stehen.

Maria gehört, meiner Meinung nach, zu den Frauen, die nach ihrer Scheidung besser leben; die sich ein neues Leben aufgebaut haben und daraus Kraft und Freude schöpfen. Es sind Freundinnen, befreundete Ehepaare, neues Arbeitsfeld, eigene Kinder mit Kindern. Dies alles ist für Maria eine Sublimierung, und über allem die eigene zufriedene und glückliche Situation, und so empfindet man eine große Freude und Erfüllung.

Ich muss einfach akzeptieren und es so sein lassen. Das habe ich gelernt. Es ist das Loslassen, das nicht Klammern an Dinge, die nicht gehen oder die es nicht gibt. Denn das Leben hat immer wieder Überraschungen und Wendungen. Ich bin mir sicher, es war so für meine Zukunft nicht vorgesehen. Also sagte ich zu mir, Leonardo, ab zu „Parship" im Internet und schreibe, um Kontakte zu knüpfen, denn „Jemand" da draußen wartet auf dich, dir zu begegnen und sich zu freuen.

So nüchtern betrachtet, diese Romanze hat mir eine Lektion und Besinnung gebracht. Wo Freude ist, ist auch Schmerz.

Denn Maria war, wie ich schon erwähnte, eine tolle Frau mit vielen positiven Eigenschaften. Jedoch mein Herz und Verstand sagten und dachten... Maria war's nicht, du wirst schon noch die „Richtige" finden. Nicht aufgeben, aufstehen, weitergehen, denn das Leben hält Überraschungen parat, du musst sie nur erkennen und zugreifen. Und zugleich ist mein Leben um eine Erfahrung Richtung Partnerschaft reicher geworden. Ich lerne, die Begegnungen mit Frauen ohne große Erwartungen, mit einer gewissen Bescheidenheit zu sehen. So weit es geht bleibe ich entspannt und gehe dabei immer mit einer Prise gesunder Skepsis vor.

Das habe ich im Frühling gelernt...Erinnere dich an die Vergangenheit, lebe im Heute, mit Blick in die Zukunft. Vorsicht, glaube nur nicht alles was online im Internet läuft.

Und Selbstliebe kommt vor der Nächstenliebe.

Glückliche Kindheit und Internat

Ich wurde geboren in einem Dorf, 5 km entfernt von Salerno. Später, 1965, siedelte unsere Familie über nach Salerno in die Altstadt, wo unser Vater eine große Wohnung mit Meerblick kaufte. Der Palazzo, in dem unsere Wohnung liegt, 4 Etagen, ist im Kern ein Bau von 1600, der aber mehrmals renoviert wurde. Das heutige Aussehen entspricht dem Stil von 1880.

Unter uns wohnte eine Fischerfamilie, ein Mareschiallo der Carabinieri, gegenüber ein Ingenieur mit Familie, um die Ecke in der „Bassi" Souterrain 2 Prostituierte mit Spitznamen, „Cecatella" (kneift mit den Augen) und „Pompa" (Pumpe). Sie waren bekannt, wie damals „Brigitte" in Koblenz. Ihre wirklichen Namen habe ich nie erfahren, sie waren Originale, gehörend zum Straßenbild, geduldet von den Ordnungshütern.

Natürlich gab es noch weitere Personen... Handwerker, Tante Emmaladen; da wohnten Gauner und der Pfarrer.

Meine Heimat in Süditalien liegt am Meer zwischen Neapel und Paestum an der Amalfi Küste. Goethe hat es besucht, bewundert wurde inspiriert und hat darüber auch geschrieben. Vom Land der Zitronen, der schönen Landschaft, den Büffeln und Büffelkäse, Pizza, Nudeln, „mediterranem" Essen mit Gemüse und viel Fisch, aber auch vom Land der Gegensätze, wo nebeneinander Camorra, Beamtenapparat, kleine Leute, Anwälte, Spitzbuben, Fischer und Touristen zusammenwohnen, ohne sich in die Quere zu kommen.

Damals waren alle Katholiken, traditionell alle 1 Mal im Jahr an Weihnachten im Gottesdienst anzutreffen. Natürlich betet hier jeder mit seinem Anliegen; der Spitzbube und Gauner für eine gute Beute beim Stehlen, der Anwalt um gut betuchte Klienten zu bekommen, Cecatella und Pompa um Freier mit genug Taschengeld und so weiter...

Wir waren damals eine 6-köpfige Familie, die Eltern, ich, der Erstgeborene, es folgten eine Schwester und zwei Brüder. Später kam noch als Nesthäkchen, die kleine Schwester...es war eine Überraschung.

Meine Eltern, fromm, bescheiden und an die Zeit gut angepasst, haben mich, wie auch andere Leute und die Landschaft, geprägt, aber nicht eng und konservativ; sie haben mich als wissbegierig und weltoffen erzogen. Vielleicht war es meinen Eltern nicht bewusst, aber der Keim der Weltoffenheit kam mit dem Tag, an dem ich ins Internat nach Narni in Umbrien, geschickt wurde.

Ja, nach der katholischen Tradition und frommen Mentalität, sollte eines der Kinder Priester werden, um den besseren Segen Gottes für die Familie zu erlangen. Das war schon im Spätmittelalter so, damals allerdings nur in reichen oder in Patrizier- familien, denn sie sollten beim Eintritt ins Kloster Geld mitbringen. Dafür bekamen sie eine gute Ausbildung und waren auch sozial versorgt.

An meine Kindheit bis zum Internat habe ich nicht viele Erinnerungen, aber ich galt als ein Sohn aus gutem Haus und das war ich auch. Ich war Ministrant, hatte den Katechismus auswendig gelernt, bekam die „Erste heilige Kommunion" und wurde vom Erzbischof konfirmiert. War auch Mitglied der Pfadfinder als Wölfling, von 6 bis 12 Jahren und natürlich besuchte ich die Grundschule. Also für die damalige Zeit, gut katholisch, über Böse und Gut sowie Himmel und Hölle wusste ich Bescheid und ich bin regelmäßig mit meinem Sündenzettel in der Hand zur Beichte gegangen.

Meine Welt als Kind drehte sich im Kreis...Familie... Schule...Kirche und in der Freizeit haben wir gespielt...Fußball oder Boccia. Auch war ich Mitglied im „Circolo Ricreativo Associazione Cattolica", der Jugendfreizeit der Katholischen Kirche.

Ich war als Kind voller Energie, temperamentvoll oder, wie meine Mutter zu sagen pflegte, wild, in heutiger Zeit sicher ADS verdächtig und mit Ritalin-Bedarf. Zu dieser Zeit wohnten wir noch im Dorf, in einem alten Bauernhaus in der unteren Etage.

Ein Raum geteilt in Küche und Wohnraum mit Bett, ein Fenster und eine geteilte Bauerntür. Geheizt wurde mit einem großen „Braciere" (Kohlebecken), es diente auch als Wäschetrockner. Es gab kein Bad, die Toilette draußen...ein hässliches primitives Plumpsklo mit einer stinkenden Sickergrube direkt darunter.

Einer von meinen verrückten Einfällen war, als ich, mit aufgespanntem großen Regenschirm von meinem Vater, lächelnd aus dem Fenster im 1. Stock hinunter in den Hof sprang. Das machte ich aus Spaß, ebenso auf Bäume klettern und ich ließ die Eidechsen, Blindschleichen sowie Frösche nicht in Ruhe, denn sie waren Spielzeuge und Spielkameraden.

Als Erstgeboren und Sohn hatte ich die volle Aufmerksamkeit und Liebe nicht nur von meinen Eltern, sondern auch von den Dorfweibern war ich der Liebling. Ich hatte schwarze Löckchen und sah süß aus; wurde somit mit viel Süßigkeiten und Äpfeln beschenkt.

Die Schule sollte uns eigentlich wissbegierig machen. Die Vermittlung von Wissen und Können durch Lehrer an Schüler sollte uns ein Gerüst mit Werten und Normen für die Realität, für den Alltag geben. Ich gestehe, ich hatte diesen Unterricht nicht, zumindest nicht in Italien. Die Kinder der Nachkriegszeit bekamen keinen Ethik- sondern Religionsunterricht und bei einer schlechten Note mussten sie in die Ecke gehen und dort knien bleiben oder sie bekamen Prügel mit dem Stock auf die Innenfläche der Hände. Der Unterricht, mit Bezug auf die damalige Erziehung und Züchtigung war entstanden aus dem Kollektiv-Monopol in der damaligen Zeit. Die Akteure, so wie ich sie in Erinnerung habe, die im Dorf etwas zu sagen hatten, waren 3; der Pfarrer, der Lehrer und der Karabiniere. Diese 3 waren stellvertretend für den Staatsapparat mit Macht ausgestattet, für Religion, Bildung und Justiz. Danach orientierten sich auch die Wünsche der „Zöglinge", wenn sie danach gefragt wurden, welche Berufsvorstellung sie hätten. Die Antwort kann man sich denken. Außer Acht blieben die sogenannten, wenig attraktiven Berufe, wie Bäcker, Metzger.... und so weiter.

Meine Kindheit war eine glückliche Kindheit. Ich lebte in dieser heilen und frommen Welt, wo Gut und Böse oder Schwarz und Weiß, wie das damalige Fernsehen, in einer Idylle, die trotz Krankheit, Tod und Beerdigung und manchmal Erdbeben-Stöße, als perfekt und nach Gottes Plan schien.

Wir waren alle römisch-katholisch getauft. Von der Kanzel wurde gepredigt: Vorsicht mit den Russen und den Kommunisten. So entstanden die Filme von Don Camillo und Peppone und in den anderen Kinostreifen wurde uns auch nur die „Heile Welt" als Heimatfilme und die historischen Sandalen-Filme gezeigt und gepriesen. Als Lektüre hatte ich Märchen und das Leben der Heiligen. So etwas war natürlich nach dem Krieg sicher nötig für den" Inneren und äußeren" Neuanfang.

Das Internat, von Ordensleuten „Missionare vom Herz Jesu", geführt, war, so in meiner Erinnerung, eine Mischung aus Schule, Zuchthaus, Rekrutierungslager der Kirche und für mich ein „scheinheiliges" Musterbild, wo ich die Rebellion, Unruhe im Blut und den ersten Bruch mit Gott erlebte. Ich war „krank" von lauter Religion und Moral. Das Internatsleben war das Gegenteil, denn ich wurde mit dem Problem des Heranwachsenden, von Pubertät zum Mann konfrontiert.

Ich möchte von diesen Erlebnissen nur soviel dazu sagen; mich ekelte, was ich dort sah, und konnte mit keinem darüber reden. Heute, nach Bekanntwerden der Missbrauchsskandale, weiß „Jeder" was früher im Internat lief, und genauso war es auch passiert während meiner Zeit im Internat in Italien.

Die Einrichtung des Internats war puritanisch: der Schlafraum...ein einziger großer Raum, rechts und links in Reihen... Betten, Schränkchen, ohne Zwischenwände, in der Mitte ein schwarzer gusseiserner Ofen und nur ein Kreuz an der Wand...sonst nichts.

Ich wurde nicht missbraucht, aber gedrängt mitzumachen. Die Aufseher, in der Regel Lehrer oder Studenten, waren nicht alle so versaut, es gab auch nette und anständige. Ich war verwirrt, rebellierte, indem ich über die Mauer flüchtete, wurde zurückgebracht und es folgte die Bestrafung in Form von knien in einer Ecke oder Schläge mit einem Stock auf die Innenseite der Hände und manchmal musste ich auch ohne Mahlzeit zu Bett gehen. Ich konnte nicht darüber reden und wenn, mit wem? Ich vermute, alle wussten, wie es war, ohne Ausnahme. Das konnten meine Eltern nicht verstehen, sie waren blind vor lauter Frömmigkeit, wie alle damals. Meine ständigen Fluchtversuche wurden anders interpretiert... fauler Junge, der zu nichts taugt.

So kam das Ende meiner Internatszeit ohne Mittlere Reife, zurück nach Hause. Aber ich war froh, diese schlimme und verwirrende Zeit hinter mir zu haben. Dass ich dieses Trauma damals so schnell hinter mir lassen konnte ohne großen Schaden, finde und empfinde ich als ein Wunder. Was davongeblieben ist, ist meiner Vermutung nach, meine antiautoritäre Neigung, die Personen nicht zu akzeptieren, die „was zu sagen haben". Kein Hass, kein Respekt, ich empfinde für diese Zeit nur ein gewisses Ressentiment.

Als frommes Kind, unbewusst beeinflusst von den „Erziehungsberechtigten", wollte ich zunächst Priester und irgendwann, Karabiniere werden, aber ich war, wie gesagt, ein Rebell mit antiautoritärer Neigung und dazu damals kaum ein guter Christ. Ich wählte für mich, so nenne ich ihn, den dritten Weg. Ich war 16 Jahre alt und hatte viele Träume und ein Internat-Trauma im Kopf. Meine innere Stimme sagte mir... geh zur Marine, werde Unteroffizier und du wirst die Welt sehen und dabei lernst du auch einen Beruf. Diese Entscheidung zeigt, dass ich pragmatisch denke und handle und das ist eine große Hilfe, um die Alltagsprobleme zu bewältigen. Was immer ein Pragmatiker tut, er lässt sich von den tatsächlichen Gegebenheiten leiten, pocht nicht auf Grundsätze und unverrückbare Prinzipien, er ist absolut kein Prinzipienreiter. Ich habe Flexibilität im Denken und Handeln.

Das war auch meine Ablösung von der Familie, eine Art, die mir damals so einfach und gut schien. Damals, 1968, 16-jährig, wie alle in meinem Alter, ein Rebell-Reformer, in der Zeit von Flower-Power oder als „Die Liebe- und Lebe - Generation" den Anfang nahm. Die aufständische Bewegung war die Geburt einer Weltbewegung. Die Uniform, ein „Überwurf" aus Protest, langes Haar, wallende Bärte, Jesus-Sandalen, Indische Blusen, Blumen im Haar... Singen vom Frieden, Gras rauchen und „Freier Sex" und sage dem Konsum „Ade". So waren viele von meinen Jugendfreunden.

Dagegen ich, in der Uniform der Militär - Marine, kurze Haare, gut geregeltes Einkommen, Leben mit Disziplin. Aber auch Karriere und Reisen in der Fremde mit Blick über den Tellerrand und sich vom Leben jeden Tag überraschen lassen. Wir steuerten über alle Meere und ich war zum Glück auf dem Schulschiff 'San Giorgio". Ein Zerstörer mit zwei Aufgaben... Schule für Offiziere und gleichzeitig Musterschiff für eventuelle Kauf-Interessenten, deswegen oft in der Welt unterwegs, „Diplomatisch" getarnt.

Marine - Zeit, Disziplin, dennoch unbeschwertes Leben

Mit 16 Jahren unterschrieb ich als Volontär und meine Eltern als meine Erziehungsberechtigten meinen 6-Jahres Vertrag für die Militär - Marine. Ich wurde nach La Maddalena, Sardinien, eine wunderschöne Insel, zur Grund- und Maschinisten-Ausbildung für angehende Unteroffiziere gesandt. Was ich als erstes dort lernte... Rauchen, denn ohne damals in den 60ern, wo jeder rauchte und überall geraucht wurde, sogar im Film, hätten sie mich als Schwächling und als Alien betrachtet. Außerdem, Zigaretten und Alkohol gab es für Angehörige der Streitkräfte ohne Steuern zu erwerben. Für uns junge Matrosenanfänger, war es auch ein Reiz und eine Einladung als „fertiger Mann" oder als Halbstarker zu erscheinen und gegenüber den Älteren zu gelten.

Das Zweite was mir in den Sinn kam, um einfach die Strenge und Anstrengung der Grundausbildung auszugleichen, meldete ich mich als Volleyballspieler! Ich war sportbegeistert, wurde angenommen und kam oft auf die „Reservebank". Dabei sein ist alles! Die Marineschulzeit war nicht nur von Lernen und Disziplin gekennzeichnet, sondern von Sport, Jugendstreichen und Schikanen. Ich erinnere mich an einen besonderen Fall. Wir hatten unseren strengen Chef-Ausbilder verärgert und beleidigt, mit kalter Dusche und Zahnpasta in den Schuhen. Als Strafe verordnete er sofort einen Marsch in voller Montur, wie im Krieg und das bei starkem Regen. Anschließend mussten wir eine halbe Stunde im Regen verharren, ohne uns zu rühren. Wir waren nicht nur pudelnass und hatten Blasen an den Füssen, sondern eine Menge Ärger und Wut im Bauch, denn es war ca.22:00 Uhr spät am Abend.

Nach der Ausbildung kam ich auf eine Corvette mit Namen „Gru" und später auf eine Corvette „Baionetta". Diese hatte Neapel als Heimathafen und so konnte ich öfter meine Familie besuchen. Ich wollte die Welt sehen und nicht nur das Mittelmeer. Dank meiner Mutter und dem Erzbischof von Salerno, erfüllte sich mein Wunsch. Dass ich zum Schulschiff „San Giorgio" kam, auf das beste und begehrteste Schiff der damaligen Flotte, war der Redekunst meiner Mutter zu verdanken. Ich war auf einer kleinen Corvette, die noch übrig geblieben war vom 2. Weltkrieg, „Baionetta". Auf diesem Schiff gab es noch keine Betten, sondern noch Hängematten zum Schlafen. Es war nichts los und wir waren nur im Mittelmeer unterwegs. Ich erinnere mich an einen besonderen Appell... morgens, es war stürmisch und hoher Wellengang, die kleine Corvette schaukelte hin und her, wie eine Nussschale. Wir konnten uns auf dem Schiff kaum bewegen und taumelten... viele von uns, ich auch, waren seekrank und in einer Ecke oder an der Reling am Kotzen. Der Kapitän forderte uns auf zu erscheinen, mit einem Eimer und diesen mit Kordel am Hals befestigt. Das Seewasser peitschte, der Wind fegte uns fast vom Schiffsdeck weg... eine Quälerei, wir waren malträtiert, beschmutzt von unserem eigenen Mageninhalt, kaum stehend, und mit blassen Gesichtern mit leidendem Ausdruck.

Der Kapitän schrie ins Megafon: „Männer, Achtung! Wir sind

keine Mimosen, sondern Seemänner! Gekotzt wird in den Eimer und sonst nirgendwo hin! Ihr werdet euch noch daran gewöhnen! Es geht gleich vorbei! An die Arbeit! Weggetreten!". Alle liefen unter Deck, Richtung Kabine, fluchend und einige lachend, um sich hinzulegen, denn das mildert die Übelkeit bei Seekrankheit. Das war krass.

Danach kam das Kreuzer-Schulschiff 'San Giorgio". Einmal im Jahr, den ganzen Sommer über, fuhr es über die Weltmeere, mit Kadetten der Marine Akademie, zum praktischen Unterricht.

Meine Mutter, damals Köchin in der Erzdiözese Salerno für Erzbischof und Domkapitulare, Monsignori und deren Gäste tätig, konnte sich mit dem damaligen Erzbischof über meine Unzufriedenheit auf so einem kleinen Schiff zu dienen, unterhalten. Der Erzbischof sprach natürlich bei passender Gelegenheit mit dem Hafenkommandanten von Salerno. Ein Verwandter von ihm würde gerne auf ein besseres Schiff kommen zum Arbeitseinsatz. Und der Hafenkommandant rief beim Kriegsministerium an und bat um eine Versetzung für den „Neffen des Bischofs". Und so wurde ich kurze Zeit später auf das „San Giorgio" Schulschiff beordert. Das war ein Akt des modernen „Nepotismus" (Vetternwirtschaft).

Im Spätmittelalter war dies normal und hat niemanden gestört. Von Päpsten und Herrschenden erfunden und praktiziert im Spätmittelalter ist es auch heute noch nicht aus der Welt... es gehört einfach dazu.

Die Länder, die ich meistens besuchte waren Süd- und Nordamerika, sowie die Kapverdischen Inseln gegenüber von West Afrika. Diese Inseln waren immer eine willkommene Pause auf dem Weg nach Südamerika, denn wir brauchten frische Ware zum mehr oder weniger gesunden Essen.

Ein paar Geschichten aus der Zeit zeigen, wie ich als 20jähriger dachte und handelte. Ich hatte als junger Mann nur Abenteuer im Kopf... Frauen und die Welt sehen, die Marine war Mittel zum Zweck. Ein Nachteil für mich war jedoch meine antiautoritäre

Neigung, sie brachte mir ziemlich viele Arresttage ein. Aber ich hatte keinen streng autoritären Vorgesetzten. Der Maschinen-Direktor, Kapitän K., war ein richtig netter, guter, gemäßigter und auch pragmatischer Mensch. Aus diesen Gründen besuchte ich ihn Jahre später, nach meiner Entlassung aus der Kriegsmarine, im Kriegsministerium in Rom. Ich war als 2. Offizier - Maschinist unterwegs zwischen Nordeuropa und Westafrika und hatte in Rom Versicherungs-Papierkram zu erledigen. Ich bedankte mich bei Kapitän K., denn ich hatte von ihm auch meine Lektion gelernt. Ich vergesse es nie, was er beim Appell morgens um 6:30 Uhr auf dem Schiffsdeck zu unserer Mannschaft zu sagen pflegte: „Männer Maß und Haltung wahren und zusammenhalten. Weitermachen".

Er sah unsere müden Erscheinungsbilder, denn wir hatten, wie es Brauch ist beim Landgang, bis tief in die Nacht gefeiert. Ich glaube, er wollte uns einfach klarmachen, so wie der Spruch von Königin Luise von Preußen sagt... „Wer nicht Maß halten kann, verliert das Gleichgewicht und fällt". Anders gesagt... Ausgeglichenheit, manchmal über die Stränge schlagen ohne tief zu fallen und dabei wieder aufstehen und mit Mut weitermachen.

Siehe auch den Kreuzweg... Jesus fällt 3-mal, aber steht wieder auf und geht den Weg nach Golgota, der Kreuzigungsstätte.

Als Höhepunkt in der Marine gilt die Äquatortaufe, die kurz vor der Überquerung des Äquators feierlich und offiziell mit Tradition vollzogen wird. Sie ist ein Ritual der Seeleute... ein Seemann verkleidet als Neptun, die Täuflinge werden mit Wasser, Seife und Fischöl traktiert und mit Scherznamen angesprochen und bekommen eine witzige Pergament-Urkunde überreicht. Diese habe ich heute noch, etwas verblasst, hängt sie in meinem Hausflur.

Als Matrose auf Landgang, besucht man auch Restaurants, so wie in New York. Zum ersten Mal in meinem Leben „Chinesisch" essen gehen. Es war ein Restaurant zwischen der Bronx und China Town. Wir hatten überhaupt bis dato noch nie Chinesen gesehen. Es war Anfang der 70er Jahre, alles war so gigantisch in einer Metropole wie New York, alles aufregend neu, riesige Häuser, breite Straßen, 3 Etagen Metro. Wir kamen aus dem Staunen nicht mehr raus. Das „Chinesische Essen" hatte uns nicht geschmeckt, war für uns Europäer unbekannt gewürzt, geschweige den mit den Stäbchen zu hantieren beim Essen. Ich hatte tapfer alles gegessen, ohne Reue, die Neugier hatte gesiegt. Später in der Nacht, zurück auf dem Schiff, bekamen wir Kopfschmerzen und Bauchkrämpfe. Vielleicht war zu viel Glutamat im Essen, was ich damals gar nicht kannte.

Zum Landgang gehörte auch, wie wir damals sagten... Mädchen aufreißen in Bars oder Clubs.

Beim Botschaftsempfang natürlich und in den Metropolen mit einem Hafen gibt es mehr als genug. Mädchen, die auf Uniformen und die Männer die darin stecken, stehen, sind auf sogenannten Empfängen und übernehmen manchmal sogar die Verführung beim ersten Schritt. Heute sagt man „Flirten" dazu. Dass manchmal so was schiefläuft, muss „Mann" in Kauf nehmen. Dazu zwei Beispiele, die sich tatsächlich so ereignet haben und beide in Südamerika. Das Erste war filmreif! Ich war mit einem Kommilitonen spazieren, als wir auf einmal einen nackten Mann sahen. Im Haus gegenüber, im 1. Stock lief er, nur mit Unterhose bekleidet, den Rest der Uniform in der Hand tragend, über das halbe Dach und war auf der Flucht. Wir staunten nicht schlecht, es war einer von unserer Crew. Der Unteroffizier versuchte zu entkommen, der Verfolger tauchte einige Minuten später auf, auch über das Fenster. Es war vermutlich der verärgerte und gehörnte Ehemann.

Wir halfen unserem Kollegen schnell in ein Taxi einzusteigen und weg war er. Mit einem „Gott sei Dank", eilten wir auch Richtung Hafen zu unserem Schiff. Der besagte Unteroffizier war bekannt dafür, dass er keiner Frau widerstehen konnte. Er war so ein Frauentyp, der den Spitznamen „Bel Gigolo" hatte. Es bedarf sicher keiner Übersetzung. Das zweite Beispiel war ernst und auch nicht lustig! Ein Taxi kam und lieferte beim Kapitän 2 Kadetten ab, nur mit Unterhose, ohne Uniform, ohne Geld, ohne Papiere, und wir konnten auf ihren Gesichtern den Schock und die Angst sehen, denn sie waren Diebstahlopfer, von Mädchen angelockt worden. Der Taxifahrer forderte das Fahrgeld vom Kapitän. Der bedankte sich, denn der Fahrer hat nicht nur wie ein Samariter gehandelt, er ist nicht nur gefahren, sondern hatte auch geholfen... wirklich bewundernswert.

In großen Metropolen mit Hafen sind in der Tat Matrosen eine Zielscheibe für Ganoven, die auf so etwas spezialisiert sind. Darum hat uns der Kommandant gewarnt und verdonnert immer zu dritt auf Landgang zu gehen und auch zusammen zu bleiben, was aber in der Wirklichkeit nicht ganz realisierbar war. Ich erinnere mich noch an eine Prügelei in Brasilien, glaube, es war in Porto Alegre, im Norden, in einer Bar; es wurden unsere Jacken und Hüte gestohlen. Diese waren sicher begehrenswert im Wiederkauf auf dem lokalen Markt. Wir wollten eigentlich keine Schererei oder Prügelei, aber wenn der Alkoholspiegel etwas höher liegt, die Hemmungen fallen, und wir waren 20jährige und meist Hitzköpfe, da haben wir uns nicht zweimal bitten lassen. Auch hier ging es zu wie im Kino, im Westernsaloon, es flogen Flaschen, Stühle, Tische und eine Menge Fäuste. Irgendwann kam die Ortspolizei, unsere Militärpolizei und alle, Angreifer und Verteidiger, wurden mittels Polizeiwagen zum Polizeipräsidium verfrachtet. Siehe da, der Kommandant war auch schon vor Ort, mit einem Gesichtsausdruck!! und mit Gestik versuchte er als Vermittler die Lage zu entspannen, um den Schaden zu begrenzen und um unser Ansehen zu bewahren. Es gab keine Klage oder Anklage, denn wir waren offizielle Gäste in Brasilien. Es wurde, so wie es im „Süden" üblich ist, von den Behörden unter den Teppich gekehrt.

Am Tag danach hat dieses Abenteuer uns aber einen dicken Vermerk in die Akte gekostet, als Unruhestifter und öffentliches Ärgernis. Arresttage, aber kein Disziplinarverfahren... die Karriere wurde nur etwas gebremst. Mir war es egal, denn ich hatte nicht vor in der Kriegs- Marine zu bleiben. Ich suchte meine Karriere lieber in der Handels- Marine und dies aus zwei Gründen. Der Verdienst war besser und die Disziplin nicht so streng, nur Arbeit. Die Voraussetzung, ich musste wieder lernen, Prüfung ablegen, um das Patent als Offizier – Maschinist für kleine Schiffe zu erhalten. Das tat ich auch und so verbrachte ich fast zwei Jahre unterwegs zwischen Nordeuropa und Westafrika. Heute noch hängt in meinem Flur als Erinnerung eine Original Ritus Maske aus Dakar, handgeschnitzt in schwarzem Holz. Das Besondere dieser Maske sind die beiden Hörner rechts und links der Maske sowie der pickende Vogel auf dem oberen Ende der Maske. Es ist ein Unikat, eine ähnliche habe ich im Museum in Bonn gesehen, wo ich eine Ausstellung über afrikanische Kultur besuchte.

Noch eine Erinnerung an New York ist die Besichtigung und die Aussicht vom Empire State Building, damals das höchste Gebäude der Welt! Ein Blick nach unten: die Menschen sahen wie Ameisen aus, die Autos kleine Spielzeuge und das Ganze kam mir vor, wie eine Miniaturwelt.

Was habe ich aus der Militärzeit bei der Marine gelernt? Wissbegierig und offen zu sein und Widerstandsfähigkeit. Salopp und praktisch gesagt, ein Steh-Auf-Mensch.

Bescheiden gesagt, bin ich ein solcher... wobei ein Teil durch die Gene vererbt und der Rest selbst aus vielen gemeisterten Krisensituationen angeeignet ist. Hier nicht zu vergessen ist die Anpassungsfähigkeit, wie ein Chamäleon, jedoch sich als Person treu und authentisch bleiben.

Meine Zeit in Rom - Begegnungen auf der Suche nach Spiritualität

Wie ich schon erwähnte, nach der Marinezeit, hatte ich, genug von

Marine, Frauen, Reisen... ich wollte was Anderes... mich altruistisch betätigen und

eine Annäherung an den Glauben und die Religion suchen. Ich nenne es... die Ideal-religiöse-Phase.

Ich ging nach Rom, wo mein Bruder G. für das Lehramt Deutsch, Englisch studierte, und ich bekam ein Zimmer in der WG. Ich war froh, keine teure Bleibe bezahlen zu müssen und doch wie in der Familie leben zu kennen. Ich war ein Suchender, nicht nur nach Arbeit, sondern nach Erfahrung im Religiösen, denn ich hat das Bedürfnis meinem ICH und Gott zu begegnen. Ich wohnte zentral, gegenüber der Kirche „San Giovanni" in Laterano und die Piazza mit dem selben Namen war manchmal auch Schauplatz von Versammlungen jeden Colorits, sei es Rechts - oder Linkspartei und manchmal Konzerte.

Es war in der zweiten Hälfte der 1970er Jahre... sowohl in der Bundesrepublik Deutschland, als auch in Italien brachen massive gesellschaftspolitische Konflikte auf. Zeit der Jugend-Revolte, Studentenunruhen, einige Gruppen radikalisieren sich bis hin zur terroristischen Gewalt. Erinnern wir an die Brigade Rosse (Rote Brigaden), die hauptsächlich gegen die Großmacht der Democrazia Christiana waren und mit der Entführung und Tötung des damaligen Ministerpräsidenten Aldo Moro gipfelte. Die Stabilität der demokratischen Ordnung, sowie Werte und Normen, waren gefährdet. Der alte italienische Wert, die Norm, als guter Christ katholisch getauft zu sein, die das Leben geprägt und getragen hat seit Jahrhunderten, war von der Jugend nicht mehr gefragt. Von Amerika schwappte eine fromme Studentenbewegung nach Europa und kam auch nach Rom, die „Pentecostali" auf deutsch die Pfingstbewegung. Die katholische sowie auch die evangelische Kirche übernahmen diese Art des Gebetes und nannten sich „charismatische Bewegung". Der Sinn war, die Gaben des „Heilige Geistes" zu empfangen und weiterzugeben durch prophetisches Reden und heilen durch Handauflegung.

Ich wurde eingeladen, war oft im Gottesdienst und konnte sehen, erleben und versuchte mitzubeten. Ich war einerseits fasziniert, auf der anderen Seite erschien mir dieser Gottesdienst nach „Schamanen Art" ziemlich theatralisch. Es kam mir vor, als ob Schauspieler auf ein Kommando loslegten und in Trance waren bis zum Ende des Gottesdienstes. Die Begeisterung bei den Gläubigen selbst war enorm, der Gottesdienst gut besucht, sehr lebendig. Diese Form der Jesus - Erfahrung durch die angebliche Gabe der „Heilig Geist Erlebnisse", hielt sich bei mir in Grenzen. Ich spürte keinen Gott, keine Gabe, keine Freude, ich wurde nicht berührt und nicht geheilt, jedoch fanden sich einige Freunde, die mich wohlwollend in ihren Kreis aufnahmen. Vielleicht war ich noch nicht bereit oder nur zu streng katholisch erzogen.

Die nächste religiöse Erfahrung war „Communione e Liberatione", auf deutsch -Gemeinschaft und Befreiung-. Es ist eine *Bewegung* in der *Römisch-Katholischen Kirche* und mein Bruder, sowie die Jungs aus der WG waren als Studenten Mitglieder. Ich ging einfach mit. Sie waren politisch engagiert, Rebellen, Studenten und Christen gleichzeitig, allerdings nicht so wie "normal fromme Kirchgänger, die ich bis dato kannte. Sie wirkten in Überzeugung und Glauben frisch und authentisch, als sei ihnen gerade Jesus begegnet und sie als Apostel in der Nachfolge unterwegs. So ist auch ihr Credo, die Nachfolge nach der Frohen Botschaft, im Hier und Heute. Damals lag ihr Betätigungsfeld auf dem Campus der Uni in Rom. Es gab Versammlungen und Begegnungen der Mitglieder, diese mieteten Wohnungen von eigenen betuchten Mitgliedern für Mitglieder vor Ort. Zum Gottesdienst gingen sie nach „Santa Maria" in Trastevere, wo der Anführer, Don Giacomo T., Messe und berühmte Predigten hielt. Ich kannte Don Giacomo T., ein charismatischer begabter, junger

Priester, einer der ersten Schüler vom Gründer. Er war für die Studenten in Rom der Freund und Wegbegleiter, verkündete auf interessante und unkonventionelle Art, das Christentum, und gleichzeitig zeigte er die Praxis in der Realität. Die Predigten spiegelten einen Theologen mit einer Sprache für junge Leute, weise, reißerisch und mit scharfen Aussagen. Keine Dogmatik und schwere Theologie, keine Begriffe, die man nicht versteht... im Grund war er einfach. Er sprach von Jesus´ froher Botschaft, Begegnung mit Nachfolgern Christi und vom Weitergeben dieser Botschaft, und vom Leben in „Comunione" (in der Gemeinde, Fraternität – Brüderlichkeit und mit Freiheit (Befreiung). Ich war von „CL", so die Abkürzung in Italien, begeistert und überzeugt. Ich machte mit, allerdings, ich war kein Student und ich suchte nach einer Art des Klosterlebens... Meditation und eine Gemeinschaft. Die „CL" waren die ideologischen Gegenspieler von Brigade Rosse, jedoch ohne Radikalität und Gewalt. Ab und zu gerieten sie doch in Konflikt miteinander und es gab sogar Schlägereien mit Studenten und Sympathisanten der Roten Fraktion.

Ich arbeitete in dieser ersten Zeit auf Montage, in einer kleinen Fabrik für Wochenendhäuser. Die Bezahlung war nicht zufriedenstellend und am Ende kam ein Schreck... Konkurs und kein Lohn mehr! Diese Erfahrung von Ausbeutung und „Arrangiarsi", bedeutet auskommen und zurechtkommen mit dem, was du bekommst, war neu für mich. Ich erinnere mich genau an die Montage-Kollegen, unzufrieden, ohne Perspektive, immer mit der Angst, kriegen wir Geld, verlieren wir die Arbeit? Diese Arbeit mit der Moral der Ausbeuter, unterbezahlte Leistung und zurechtkommen und auskommen, finden wir noch heute, besonders in der Mitte und in Süditalien.

Ich suchte weiter und ein Jesuit gab mir einen Tipp. Ich sollte zur „Domitilla Katakombe" gehen, sie suchten Touristenführer in Spanischer Sprache und außerdem wäre dort eine Brüder - Gemeinschaft aus Deutschland. Mit Mut und Hoffnung, das Geld war knapp, ging ich dort hin und fragte nach Arbeit. Eventuell hätte ich auch Interesse die Brüder - Gemeinschaft kennenzulernen. Der damalige Obere und Leiter der „Domitilla Katakombe", war sehr nett. Ich wurde freundlich und mit offenen Armen begrüßt und bekam den Job. Der Ordensobere regelte alles, bot mir einen Abend - Spanisch-Auffrischungskurs über 3 Monate an, er zeigte und erklärte mir die Katakombe in einem Intensivkurs und gab mir einen Vorschuss auf mein Gehalt und ein Zimmer zum Wohnen. Prima! Endlich ein Ausblick... Ende meiner Suche. Auf einmal hatte ich, was ich brauchte... Arbeit, Geld, religiöse Erfahrung zum Anfassen und Mitmachen.

War das Zufall? Ja und unsere Wege kreuzten sich, meine und der der Brüder - Gemeinschaft.

Hier kam mir in den Sinn, dass einer der Wege, die mir meine dörfliche Erziehung eröffnete war, Priester zu werden, oder wenigstens ein bescheidener Diener der Kirche, als Bruder unter Mitbrüdern im Dienst der Brüder in Jesus.

Ist das einer der typischen vorgezeichneten Wege, in der Erziehung der Nachkriegszeit, als Eltern und die katholische Kirche „Rekrutierungsversuche" machten und schnappte diese Falle jetzt zu?

Dieses ist ein klassisches Ergebnis... am Ende, das Produkt... Zufall.

Lebensphase als Ordensbruder - Anfang

Also ich wurde ein Touristen-Führer, Postulant (ein Bittsteller, der eventuell eintritt) bei den Barmherzigen Brüdern. Ende 1978 trat ich in Rom dem Brüder-Orden bei.

Wie kam ich dazu, von der Marine ohne Umwege und ohne Stolpersteine im Orden zu landen?

Ein Wunder? Nein, weit gefehlt!

Von einem Leben auf dem Schiff als Offizier unterwegs, wo man gut verdient und fast in jedem Hafen weibliche leichte Bekanntschaften trifft, die auf mich warteten, um mein Leben zu versüßen, zu einem einfachen Leben, das ist nicht so einfach.

Ich wollte es aber!

Ein Freund von mir sagte damals mit einem Schmunzeln im Gesicht: „Es ist fast bescheuert und doch schön, was du da tust, Hut ab". Und wie Recht er hatte, denn ich wollte ein Leben, das genau das Gegenteil vom lockeren Leben war. Als Geistlicher hat man Gelübde abzulegen und zwar...Armut, Gehorsam, Ehelosigkeit oder Keuschheit. Ob ich das schaffen würde?

Bei dieser Entscheidung spielen interne so wie externe Faktoren eine Rolle, und dazu kommt das eigene Ideal als Resultat der Erziehung! Das christliche Ziel für die Menschen da zu sein und Gutes zu tun, ist natürlich ein Ideal im Namen Gottes. Ich betone „Ideal" weil, wie sich später im Laufe der Brüderjahre herausstellte, dieses Ideal auch noch heute nicht immer ganz real durchführbar war und ist. Was ist zunächst „Ideal"?

Lassen wir es uns durch ein Zitat des Schriftstellers Galsworthy sagen...

„Der Idealismus nimmt zu im Quadrat der Entfernung zum Problem".

Das regt zum Nachdenken an, um die Aspekte zu beleuchten.

Was bedeutet ein Leben nach dem „christlichen Ideal", wo liegen die Schwerpunkte in der Arbeit am Nächsten? Im Evangelium lesen wir, „Du sollst deinen Nächsten lieben wie dich selbst". Es ist kein anderes Gebot größer denn dieses. Markus 12,31.

Also, zuerst gilt es sich selbst zu lieben und dann deinen Nächsten, wobei hier die Betonung auf „sich selbst" liegt. Die erste Aufgabe, heißt also, nimm dich an, wie du bist, mit den guten sowie den schlechten Eigenschaften, und wenn du soweit bist, nimm dich des Nächsten an. Er wird sehen und spüren wie du ihm begegnest, ob er die Hilfe die du ihm anbietest annehmen kann und will. Der Bruder oder der Christ muss oder soll Sein und Haben, damit er geben kann, denn Liebe ist... geben und nehmen.

Du gibst mir deine Liebe und ich gebe dir meine. So einfach erkläre ich es mir und euch. So sind einige Ordensbrüder die ich kenne und noch heute bin ich mit ihnen befreundet. Von Zeit zu Zeit besuche ich sie und habe dabei einen schönen Gedankenaustausch. Dazu später.

Wir haben gesehen und gesagt... Das Weltbild von heute wie von früher birgt für die Verkünder der frohen Botschaft Jesu große Schwierigkeiten, denn das Terrain, auf das die Saat fällt, lässt wenig Chance zum Gedeihen. Selbst die Frommen, die am längsten dabei sind, haben es nicht leicht. Die Stolpersteine liegen auf dem Weg... Routine, (Handlung, die durch mehrfaches Wiederholen zur Gewohnheit wird) macht oft blind für das Hier und Heute.

Denn darauf kommt es an, nicht in stumpfsinnige Arbeit zu verfallen, sondern auf die verschiedenartigen Anforderungen des Tages und der Menschen zu reagieren. Ich meine es nicht nur für den kirchlichen Betrieb, nein, auch für das gelebte wahre Christentum, und das ist meine ganz persönliche Überzeugung. Einige Heilige mit oder ohne Heiligenschein haben uns das vorgemacht und vorgelebt und deshalb gab es am Ende des 19. Jahrhunderts eine Menge Gründungen von caritativen Orden. Siehe... der Selige Peter Friedhofen aus Weitersburg, Ignatius Peter Lötschert aus Montabaur, die Selige Maria Katharina Kasper aus Dernbach (Westerwald) und die Selige Rosa Flesch aus Vallendar... um ein paar Beispiele zu nennen.

Sie alle hatten die Not im Hier und Heute in der damaligen Zeit erkannt, und die Antwort war eben die Gründung von Orden im sozial-pflegerischen Bereich. Somit war der Sendungsauftrag erfüllt bis in die heutige Zeit, und garantiert auch für spätere Zeit. Die Frage ist nur, brauchen wir das im Hier und Heute? Oder gibt es heute Not und Bedarf woanders?

„Christen", bitte nachdenken!

Also, ich war ein Idealist mit Gutem im Sinn und im Herzen. Ich wollte helfen und tat den ersten Schritt mit dem Gang zum Orden ins Kloster zu Rom, in der „Domitilla Catacombe".

Mir wurde angeboten, als Katakomben-Führer zu arbeiten, Touristen in italienischer und spanischer Sprache zu begleiten, zu erklären, zu zeigen und so quasi durch die engen Gassen, im Tufo gemeißelte Loculi und Gräberkammern unter der Erde Roms, zu führen. Die Katakomben der „Santa Domitilla" gelten als die größten und eindrucksvollsten Katakomben Roms, denn sie haben vier Etagen, in denen sich die Gräber „Loculi" befinden. Sicher kennt fast jeder Romtourist oder Pilger diese, und hat sie besucht.

Also ran an den Spanisch-Auffrischungskurs, Katakomben sehen und durchqueren, es sind ca. 16 Kilometer, in 4 Etagen, mittig im Ersten Stock eine Basilika aus dem 4. Jahrhundert mit verschiedenen Sarkophagen und Marmorsteinen mit christlichen Symbolen und Inschriften. Ich lernte fleißig und bereitete mich auf die neue Aufgabe vor, die ich mit Begeisterung und Freude erfüllte. So wie ich in jeder meiner Lebensphasen gehandelt habe. Vielleicht bin ich ein menschliches Chamäleon, das heißt, ich beherrsche gut die Kunst der Anpassung. Aber es fragt sich, welche Kraft oder welche Werte haben mich immer wieder in ein anderes Arbeitsfeld getrieben... ohne Rücksicht... ohne finanzielle Sicherheit... immer wieder neu zu lernen und noch mal von vorne anzufangen?

Die Antwort ist... Menschen, die nach ihren persönlichen Werten handeln, sind um ein Vielfaches entscheidungsfreudiger, erfolgreicher und glücklicher als diejenigen, die gegen ihre Werte handeln.

Voraussetzung ist... du kennst deine Wünsche und persönlichen Werte. Das ist im Grunde nichts Anderes, als auf die „Innere Stimme" hören.

Wohl gemerkt, die „Innere Stimme" oder Intuition hat einen Feind den jeder von uns nur zu gut kennt und fast täglich bekämpft. Er wohnt im „Innern", sein Name ist... „der Schweinehund".

Der „Schweinehund" bedeutet Stillstand, ist negativ und bremst.

Bitte nicht dem „Schweinehund" zuhören, nicht beachten!

Dagegen... auf die „Innere Stimme" hören!

Sie ist positiv und macht entscheidungsfreudig. Manchmal, klappt es bei mir, sogar aus dem Stegreif und überrascht mich selbst. Aber das passiert nur Menschen, die Temperament haben, wie ich und das auch nicht oft.

Gott sei Dank!

Erfahrung im Orden während meiner Zeit in Trier und Köln

Zurück zu der Zeit in Rom als Katakomben - Führer. Das war eine segensreiche Erfahrung im Hinblick auf die Pilger und Touristen, die die Hauptstadt Italiens, besonders im Sommer, quasi überfluten oder belagern. Nach meiner Sicht sind es Suchende und Erwartende zugleich, Menschen mit guter Allgemeinbildung auf der Jagd nach visuellen und spirituellen Reizen. Der Urlaub bietet die Chance zu einem neuen Blinkwinkel auf die Dinge des Lebens.

Erkennt ihr euch wieder in dieser Situation? Bestimmt!

Ein Spruch von Antoine de Saint Exupéry, der in meinem Arbeitszimmer hängt, lautet... „Um klar zu sehen, genügt oft schon ein Wechsel der Blickrichtung"

Und ratet mal, von wem ich diesen Spruch geschenkt bekam, natürlich von Gisela, meiner Frau. Sie hatte sich etwas dabei gedacht und mir sagen wollen... „Freundchen, (liebevoller Ausdruck mit Mahnung an mich) viele festgefahrene Sichtweisen hast du dir zugelegt. Etliche Denkmuster und Glaubenssätze hast du in den vergangenen Jahren in dir vergraben, ohne dass du dir vielleicht darüber im Klaren bist. Deine Entscheidungen werden dadurch gelähmt oder nicht erkannt, du drehst Dich im Kreis und kommst einfach nicht weiter. Also, Blickwinkel wechseln, adjustieren, konzentriere dich auf dein Ziel und du wirst die Antworten finden, die du schon so lange suchst".

So eine der Weisheiten und Erfahrungen, die Gisela als lebenskluge Person, mir in konstruktiven Gesprächen immer wieder weitergab.

Mittlerweile bin ich im Orden als Katakomben-Führer und als Postulant unterwegs. Das bedeutet für mich, das Leben in der Gemeinschaft kennenzulernen und meine Berufung zum Ordensleben zu prüfen. Nach einigen Monaten hatte ich mich eingelebt und brav verhalten und wurde Novize.

Ich war ein Musterschüler als Postulant und wurde sozusagen zum Novize befördert. Im Noviziat wird der Novize durch die Gemeinschaft geprüft, ob er dazu berufen ist, die Ordensgelübde (Armut, Ehelosigkeit und Gehorsam) zu halten und die Fähigkeit und Neigung hat, im Orden und der konkreten Gemeinschaft zu leben. Desgleichen ist der Novize dazu aufgerufen, sich selbst zu prüfen und den Orden möglichst gut kennenzulernen, um eine vor Gott, dem eigenen Gewissen und den Oberen verantwortete Entscheidung für oder gegen das Ablegen der Profess zu treffen. Damit begann für mich die Zeit der Ausbildung und der Vorbereitung auf die zeitlichen Ordensgelübde, die mit der Ablegung der Profess enden sollte. Eine Zeit mit viel Unterricht, praktischer Arbeit im Krankenhaus und die Entdeckung einer für mich unbekannten, neuen Welt. Inzwischen wurde ich zu weiteren Ausbildungszwecken von Rom nach Trier ins Mutterhaus des Ordens versetzt.

An die Trierer Zeit habe ich viele persönliche Erinnerungen... ich absolvierte fast alle meine Aus-und Weiterbildungen und machte sogar zwischendurch den Führerschein für das Auto. Als Aushilfe in der Domsakristei kam ich mit dem frommen Trierer Volk, den Prälaten und dem Domkapitular in Kontakt und lernte diese gut kennen. Ich lernte eine besonders fromme, nette, gebildete Familie kennen, die auch noch ein großer Fan Italiens war. Sie haben mich sehr beeindruckt. Diese Begegnung war für mich damals wie Freunde treffen, italienisch reden, Menschen, die man schon lange kennt. Eine gute Stütze und Freundschaft, die über die Jahre gewachsen ist. Ich konnte nicht oft nach Italien in Urlaub, als Ordensbruder war ein Heimatbesuch nur einmal im Jahr erlaubt. Mit der Lizenz zum Fahren begann und entfachte sich in mir eine neue Leidenschaft, die ich heute noch habe, für mich als Bruder aber nur Ärger brachte. Es war nicht erlaubt sich einfach einen Wagen zum Üben zu holen, als Führerscheinneuling. Das Gehorsam-Gelübde sagt... Fragen, und du wirst vielleicht kriegen was du willst. Weit gefehlt, denn der damalige Konvent-Obere war nicht immer meiner Meinung, sondern wollte mich und meine Geduld im Ordensleben auf die Probe stellen... was auch in der Tat geschah. Aber, ehrlich gesagt, ich war und bin in Gehorsam nicht so gut, mit der Tugend der Geduld, geht es gerade so. Ich bin eine Mischung von beiden, wobei, es ändert sich je nach Lage und Gegebenheiten. Dies ignorierte der damalige Obere und so bekam ich immer mehr Gehorsamsprobleme. Es kamen Zweifel und Schwierigkeiten, ich versuchte offen und gelassen zu bleiben, aber mit der Zeit wurde es eine Last für mich.

Apropos Gelassenheit, das ist eine tolle Sache; ich bin auch darin kein Meister, aber ich übe fast täglich und es wird immer besser. Das Gute an Gelassenheit hat mit los lassen zu tun und daran muss ich denken. Diese Übung ist bei der Trauerbewältigung immer wieder erforderlich.

Es geht hier um einen großen Teil „meiner persönlichen Lebensphilosophie".

1981 und 1982 war ich in Köln im Apostelstift zum Studium der Theologie und Liturgie zur Erlangung der „Missio Canonica" und dem Diplom in Liturgie. Dieses Studium war nur für Mitglieder der Ordensgemeinschaft, und so waren wir nur 12 Brüder, alle mit theologischer Vorbildung. Die Zeit und das Studium waren anstrengend, haben mein Leben bereichert und den Blick und das Verständnis für die Heilige Schrift geöffnet. Die heilige Schrift ist ein Buch mit sieben Siegeln, das steht auch im 5. Kapitel der Offenbarung des Johannes. Aber die Interpretationen und die verschiedenen Übersetzungen geben mir genau so viele Rätsel auf, und ich bedaure die Arbeit der Wissenschaft, die jeder Theologe durchführen muss. Bibel lesen und interpretieren kann und tut jeder, der das möchte. Aber die einfachste und, meiner Meinung nach, bessere Methode, habe ich bei der Evangelischen Freien Gemeinde kennengelernt. Beim Aufschlagen des Evangeliums könnte man sich vorstellen... die Worte Jesu stammen aus einem uralten Brief, der mir in einer unbekannten Sprache geschrieben wurde. Da ihn jemand an mich richtet, der mich liebt, versuche ich den Sinn zu verstehen, und ich werde das Wenige, das ich begreife, in die Tat umsetzen. Zunächst kommt es nicht auf umfangreiches Wissen an. Dieses hat zwar seinen Wert, aber der Mensch beginnt das „Geheimnis des Glaubens" zuerst mit dem Herzen zu erfassen, tief im Innern. Das Wissen kommt später. Man bekommt nicht alles auf einmal. Inneres Leben wächst allmählich.

Heute, vielleicht mehr als gestern – ergründen wir den Glauben über Umwege, Stück für Stück".

Ich absolvierte damals auch die Ausbildung zum Examinierten Krankenpfleger, denn ich war in einem karitativ pflegerischen Orden, und es war Pflicht. Der Anfang war nicht so leicht, jedoch um die Bedürfnis und die Lage der Patienten, sowie auch der Fachkräfte und Mitarbeiter besser zu verstehen, war und ist es notwendig. So kam ich in den Dienst der Gesundheit und bin bis zum Ruhestand in diesem Arbeitsbereich geblieben.

Damals gab es die ersten Schließungen einiger unrentabler kleiner Krankenhäuser, die erste Gesundheits-Reform der 80er Jahre. Später kam das so genannte „Bagatell-Medikamenten-Gesetz", nach dem die Kosten für bestimmte Medikamente nicht mehr von den Krankenkassen übernommen wurden und der Patient selber zahlen musste. Übrigens, diese Reform-Vorgehensweise, mit einigen weiteren Einschränkungen, besteht noch heute. Mich als Italiener wunderte damals, dass quasi aus dem Spätmittelalter, jede noch so kleine Stadt viele kleine Krankenhäuser hatte. Diese Tradition und Beständigkeit der Versorgung nah am Volk, wurde von Preußen und der Hitlerzeit weiter übernommen, gegründet von Ordensleuten Anfang Mitte des 19. Jahrhunderts. Diese geschlossenen kleinen Krankenhäuser haben als Alten-oder Pflegeheim überlebt. Koblenz, als Beispiel, hatte in jedem großen Viertel ein 150 bis 250 Betten Krankenhaus: 1 in Ehrenbreitstein, 1 in Horchheim, 2 in Moselweiß, 1 in der Goldgrube, 1 in der Südlichen Vorstadt. Heute zwingen die Spar-Reformen aus Überlebensgründen, einige Krankenhäuser auf " „Brautschau" zu gehen und Fusionen zu bilden, mit Namen wie Gemeinschafts-Klinikum oder Katholisches Klinikum. Denn die

Konkurrenz schläft nicht und ist gegenwärtig groß.

Ein Tag als Ordensbruder.

Der Tag beginnt um 5:30 Uhr mit aufstehen, waschen, anziehen und dann zum Gebet in die Kirche. Gebetsbeginn ist um 6:15Uhr. In der Regel kommt man etwas früher, um sich zu sammeln und privat zu beten. Als junger Ordensbruder machte ich damals meine erste Erfahrung mit Meditation. Morgens um 6:30 Uhr in der Kirche, diese halbe Stunde ruhig und besonnen dasitzend und wartend auf eine „Göttliche Eingebung". Diese hat meistens lange auf sich warten lassen oder kam gar nicht, dagegen kam von Zeit zurzeit, Husten, Unruhe, schlafähnliche Geräusche, die Gelächter bei mir und anderen Brüdern auslösten. Prompt folgte die Reaktion der meistens älteren Mitbrüder. Mit bösem und verstörtem Blick versuchten sie die Lage in den Griff zu kriegen, allerdings ohne großen Erfolg.

Meditation wird in Ruhe und entspannt angegangen, was jedoch manchmal schwierig war. Die Kunst bestand darin, nicht einzuschlafen, die Ruhestörung durch unruhige Mitbrüder und die eigenen störenden Gedanken im Kopf zu ertragen. Sinn der Meditation ist, das Wort Gottes in sich aufzunehmen und zu verstehen und als „Geistige Nahrung" und Begleitung für den Tag mitzunehmen.

Dann kam das Stundengebet als Wegbegleiter, denn es heißt im Wort der Apostel... 'Betet ohne Unterlass". Es gehört zum ältesten christlichen Erbe und ist beim Ordensleben Pflicht.

Nach der Laudes (Morgengebet) folgt die Messe und danach das gemeinsame Frühstück im Refektorium. Hierauf folgt die Arbeit oder für Novizen der Unterricht bis zum nächsten Gebet vor dem Mittagessen, genannt Tages-Hora. Mittagessen wurde meistens schweigend zu sich genommen und dabei las ein Bruder etwas Religiöses aus einem Buch, damit sozusagen auch „Spirituelle Nahrung" den Brüdern zugeführt wird.

Danach kommt die 'Heilige Stunde", das ist Ruhe und gleichzeitig Zeit für sich persönlich, die die meisten Brüder im eigenen Zimmer verbringen. Nachmittags treffen sich die Brüder zum

Gebäck- oder Kuchenessen und Kaffee oder Tee trinken. Dann geht es wieder an die Arbeit bis zur Vesper (Abendgebet) um ca. 19:00 Uhr, gefolgt vom gemeinsamen Abendessen. Das Abendessen verläuft wie mittags, danach unterhält man sich über den Tag und anschließend, gegen 21:00 Uhr, wird das Nachtgebet „Komplet" zelebriert. Manchmal auch nicht, dann betet jeder für sich privat. Darauf folgt, wie vorgesehen für ein Kloster, die Nachtruhe. Von diesem Gebet habe ich nur die Meditation übernommen und führe sie weiter als Privatmann. Es bringt Entspannung, ich kann nachdenken und es überall einsetzen. Die Meditation, mehr passiv als aktiv, öffnet mir von Zeit zu Zeit sozusagen einen Kanal der Kommunikation für Zwiegespräche mit Gisela und mit Gott.

Luxemburger Zeit, ein Phänomen und „alea iacta est"

Nachdem ich es im Trierer Konvent nicht mehr aushalten konnte, wegen des Gehorsams und der ständigen Wortgefechte mit dem Konvent Oberen, hatte ich in Gedanken einen Ausweg gesucht und bat den Generaloberen um meine Versetzung. Ich wollte gerne in den Luxemburger Konvent. Dort kannte ich den Konvent, sowie die Ordensbrüder und besonders den damaligen Konvent-Oberen, Bruder C., eine bemerkenswerte Person, die mich beeindruckte und die ich sehr schätzte. Ein junger, sympathischer, dynamischer und selbstsicherer Mann mit einer gewissen „Rhetorischen Ironie", sowie mit sozialer Intelligenz und Kompetenz ausgestattet. Das war meine Rettung, so dachte ich, um als Ordensbruder weiter zu wirken. Ich fand mich damals unglücklich in depressiver Stimmung, mit Gedanken, aus dem Orden auszutreten. Meine Bitte wurde akzeptiert und im Sommer 1986 brachte mich der Generalobere mit dem Wagen nach Luxemburg. Das „Problem-Kind" wurde nach Luxemburg ausgeliefert, so erzählte mir später Bruder C. Mit Freude und etwas Misstrauen wurde ich als Mitglieder des Konventes empfangen und begrüßt. Es war so, so würden man heute sagen, für den Konvent und für mich eine Win-Win-Situation. Er, Bruder C., bekam Unterstützung, einen jungen Bruder, gut ausgebildet als Krankenpfleger für die Ambulante Krankenpflege, und ich bekam einen Platz in einem alt eingesessenen, aber offenen Kloster, mit einem visionär veranlagten Vorsteher. Besser konnte es mir nicht gehen. Es wurden 5 schöne Jahre Einsatz, und ich sammelte Erfahrung im menschlichen so wie im karitativen Werk. Die damaligen Brüder des Luxemburger Konvent waren eine Mischung aus alten und jungen Brüdern, wobei manche Machtverhältnisse zwischen den Fronten wurden mir erst nach einer gewissen Zeit klar, denn sie waren undurchschaubar. Der Obere, Bruder C., war in die Situation hineingewachsen, er konnte ausgleichen und mahnend sein, mit „Rhetorischer Ironie".

Was meine ich damit? Der ironisch Sprechende zeigt dem Gegenüber durch die ironische Indirektheit an, dass er den ironisch Kritisierten als einsichtig eingeschätzt und auf direkte Kritik verzichten kann. Hat ihm die Wahrheit oder etwas gesagt, ohne direkt zu verletzen oder zu verurteilen. Das ist eine Kunst in der Bewertungssituation, in einer Gemeinschaft wo jeder versucht sein Recht zu behaupten, (im Namen Jesu) ... es ist Überlebensstrategie. Die fraglichen Bewertungen müssen nicht von Sprecher und Hörer geteilt werden. Zum Verständnis der Ironie reicht es aus, dass beide um die Bewertung des anderen wissen. Diese Voraussetzung ist in einer Gemeinschaft vorhanden, denn die Mitglieder arbeiten, essen und beten täglich zusammen im Rhythmus der Kirche und Jahreszeiten. Daher folgen Reibereien, Machtkämpfe, Unterordnung und auch manche Überordnung. Es kommt auch vor, aus Frömmigkeit zum Über- oder Untertreiben zu neigen. Was mich im Laufe der Ordenszeit gestört hat und in mir den Anlass zum Wechsel gab, ist die festgestellte Diskrepanz zwischen dem, was gepredigt und in den Gelübden abgelegt wurde und der täglichen Realität, die mit gewissen Gewohnheiten und Routine einherging.

Aber wie heißt es so schön...folget meinen Worten und nicht meinen Taten!

Ja, die Geistlichen und Ordensleute, das sind Menschen wie ich und du, nur sind sie Diener in der Kirche, sollen mit gutem Beispiel im Karitativen, wie auch sonst überall in der Gesellschaft vorangehen. Doch sie gehen nicht nur gut voran, manchmal stolpern und fallen sie und von Zeit zu Zeit geraten sie sogar auf Abwege. Auch was die „schwulen Lobby" angeht, die es gibt und es schon immer gegeben hat..., Homosexuelle, die Priester und Ordensleute sind. Mich hat es nicht gestört, dass sie so sind...Gott hat bestimmt, dass sie sind wie sie sind. Ich war und bin ihnen gegenüber neutral, wir haben uns respektiert und in Ruhe gelassen.

Was mich aber gestört hat... die Doppelmoral und nicht konsequent sein. Meistens schützt die Kirchenleitung ihre Priester und Amtsinhaber jedoch nicht die Geschädigten. Dadurch verliert sie an Ansehen und Glaubwürdigkeit. Die Folge sind bekannt: „distanzierte Christen" und Kirchenaustritte. Ich denke an das Doppelleben mancher Geistlicher. Einige haben vermutlich Verhältnisse und Kinder aus diesen Beziehungen. Andere spielen ihre Macht aus und versteckten sich in ihrem schwarzen Amtsanzug und weißem Kragen oder einer Kutte. Guten Christen sowie normalen Bürgern entgeht nichts und darüber werden gerne Witze erzählt. Und manchmal getuschelt und es fallen Ausdrücke wie „die warmen Brüder"! oder siehe manche Verschwendung. Und zu meinem Erstaunen las ich im Spiegel Februar 2014 eine Uno – Kritik, ein Bericht zu Kinderrechten in der Kirche. Es geht in dem Katalog um gelebte Doppelmoral und kaum oder keinen Opferschutz. In den Zeitungen war von „homosexuellen Netzwerken" in der Kurie und in der Kirchenleitung zu lesen. Sogar Papst Franziskus persönlich geht an das Thema heran, denn es geht eigentlich uns alle etwas an. Das Volk Gottes besteht aus Menschen, die glauben, aber unter der Unvollkommenheit der offiziellen Kirche leiden. Wenn der Wandel kommen sollte, wurden sich viele Christen mit der Kirche versöhnen.

Das ist keine Kritik meinerseits, nur eine Feststellung, mit der Bitte von Zeit zu Zeit die Marschrichtung oder den „Modus Operandi" mit Analyse, Besinnung und Korrektur zu versehen. Wie ich schon sagte und selber angewendet habe... „Um klar zu sehen, genügt oft schon ein Wechsel der Blickrichtung" von St. Exupèry.

Lob Anerkennung und Dank an die Geistlichen und Ordensbrüder; einige waren verlässliche Weggefährten, die mich inspirierten und begleiteten in geistlicher und in praktischer Hinsicht. Ich war Gott nie so nah wie in den Klosterjahren.

Also, das Luxemburger Konvent war auf Zeit für mich schon richtig, ich fühlte mich wohl, und mein Wirken brachte mir viel Freude. Jedoch nach einigen Jahren spürte ich in mir eine tickende Bombe, die nicht mehr zu stoppen war. Ich fand im Gebet, keine Beziehung zu dem, was ich als Ordensbruder tat. Ich suchte Gott, aber konnte ihn nicht finden. Ich bekam zunehmend Rückenschmerzen, schlechten oder kaum Schlaf und irgendwann fing ein Geräusch im Ohr, wie schlecht empfangene Musik, an. Klar, ich hatte Stress mit meiner Person, meiner Identität, ein Gedanken-karussell im Kopf. Ich bekam zunehmend Sehnsucht nach einem „normalen Leben", denn die Gelübde, die ich abgelegt hatte, konnte und wollte ich nicht mehr einhalten.

Es war Zeit sich zu verabschieden und einen neuen Anfang zu wagen... draußen, außerhalb des Klosters, im „normalen Leben". Auf meine Bitte kam ich zur Behandlung und Erholung nach Freiburg ins Kurhaus des eigenen Ordens.

Außer Medikamenten und Physikalischer Therapie sowie richtiger Ernährung lernte ich auch Autogenes Training zum Entspannen um den Stress in mir abzubauen. Ich war so motiviert und übte fleißig, gelegentlich auch in meinem Zimmer, um besser „Herr der Lage "zu werden.

Eines Tages beim Autogenen Training in meinem Zimmer machte ich eine „außerkörperliche Erfahrung". Ich legte mich hin wurde körperlich so entspannt, wie gelähmt jedoch der Geist wach und frei. Meine Flut der Gedanken war weg, wurde Ruhe, Stille und Leere. Und so geschah dies: spontan ging ich aus meinem Körper raus, nach oben, und betrachtete mich und das Zimmer von oben, schwebend an der Zimmerdecke. Ich schaute meine eigene Gestalt von oben mit ernstem interessiertem neugierigem Blick. Als mir das bewusstwurde, bekam ich einen Schreck, jedoch hatte ich eine Leichtigkeit begleitet mit Glücksgefühl. Meinen fast unsichtbaren dünnen weißen Doppelkörper so zu sehen und zu erleben war ich erstaunt und hatte ein wenig „Bammel". Ich war darauf nicht vorbereitetet und bekam Furcht und Angst von diesem unerwarteten Ereignis. Blitzgedanke: Bin ich tot oder schwebe ich oder meine Seele davon? Ich wollte zurück in meinen Körper aber es ging nicht so schnell. Ich musste es mit allen Kräften wollen und langsam kam ich zu mir zurück. Anschließend spürte ich in mir eine Gelassenheit und ein wenig „Religiöse Panik". Ich saß auf der Bettkante, etwas zittrig und kalte Schweißperlen tropften mir vom Kopf. Und ich dachte nach, war das eine Nahtoderfahrung? oder wollte sich der Geist bzw. meine Seele freimachen? Oder haben mich Dämonen besucht?

Auf jeden Fall habe ich körperliche Grenzen durchbrochen, war für eine Weile, sozusagen, zwischen Himmel und Erde. Ein spirituelles Erlebnis, eine mystische Erfahrung, die ansonsten nur Schamanen, Yogi und Heiligen vorbehalten ist. Und dies wurde mir geschenkt. Seitdem habe ich Verständnis für die Welt zwischen Himmel und Erde und habe vor dem Tod Respekt, jedoch keine Angst.

Ich verstand diese außerkörperliche Erfahrung als ein Ausbrechen aus meiner momentanen Ich – Lage in den Zustand von Nichtsein. Einfach gesagt „ich bin das, was ich sein werde" durch meine Entscheidung in Freiheit. Nach dem Erlebnis dieses Phänomens, kann und will ich fernöstliche Kultur und Reinkarnation nicht mehr als Utopie ansehen. Verständlicherweise kann und will ich es geistig und intuitiv erfassen.

Schlussfolgerung: Die Seele gibt es wirklich, und das Bewusstsein ist genauso wie Raum und Zeit, Materie und Energie.

Um „mental runterzukommen" ging ich in der Gartenanlage spazieren, rauchte eine Zigarre und dachte über diese besondere Erfahrung nach. Damals habe ich mit niemandem darüber gesprochen, ich glaubte zunächst mein Geist spinnt und vielleicht hätte ich nur geträumt, aber ich könnte schwören, geschlafen habe ich nicht. Es war eher ein Zustand wie Trance wo Ich in Zeit und Raum eintauchte, in Ruhe und Stille und Leere.

Dort, nach circa 5 Wochen, war ich geistig und körperlich besser dran, hatte kaum Schmerzen und der Tinnitus war minimal und ich konnte entlassen werden. Aber wohin? Ich bat den damaligen Generaloberen um ein Gespräch, welches beim Spaziergang durch den schönen Ort St. Peter im Schwarzwald stattfand. So konnte ich meinen Standpunkt klar zum Ausdruck bringen. Der Generalobere verstand meine Bitte und den Wunsch, aus dem Orden auszutreten; er versuchte mich aber zum Bleiben zu bewegen und bat mich, noch einmal darüber nachzudenken und meine Situation zu überdenken. Ich aber war entschlossen und sicher und deshalb bat ich ihn, einen Brief an den Heiligen Stuhl, den Papst schreiben zu dürfen, um Entbindung von den Ewigen Gelübden und um meine Entlassung aus dem Orden zu bitten.

Inzwischen wurde ich, auf meine Bitte hin ins Kloster nach Koblenz versetzt. Ich suchte und wählte diese Stadt ohne einen direkten Grund, ich hörte einfach nur auf meine „Innere Stimme". Der Generalobere, so wie andere Ordensbrüder, wunderten sich über meine Entscheidung, denn alle glaubten, ich würde nach Rom zurückkehren, denn ich bin Italiener und war damals in Rom in den Orden eingetreten.

Leute, ich bin Integriert, das Leben hier, die Eigenheiten, sowie die Gebräuche und die Deutsche Geschichte und Kultur sind mir sehr vertraut. Italien ist so weit weg und erschien mir quasi fremd. Ich sei „eingedeutscht", so pflegte meine Mutter zu sagen, wenn sie mich mit den italienischen Gepflogenheiten nervte. Also sagte ich zu mir, wie „Cesar beim Überqueren des Rubikon" … „Alea iacta est"… „Die Entscheidung ist gefallen" „Hier bin ich und hier bleib ich".

Und so kam ich nach Koblenz, an Rhein und Mosel, im Gepäck keine Rückfahrkarte, nur gemischte Gefühle und Hoffnung auf eine „neue", für mich sich öffnende Tür. Ich war der festen Meinung, wo ein Wille ist, ist auch ein Weg.

Was lernte ich in den Klosterjahren: Man darf Gott und die Kirche als irdische Institution nicht verwechseln. Meine Feststellung ist, dass im Christentum Ideal und Wirklichkeit oft auseinanderklaffen. Ich bedauere diese Erfahrung nicht. Ich bin dankbar dafür.

„Ideale sind wie Sterne: man kann sie nicht erreichen, aber man kann sich nach ihnen orientieren".

Carl Schurz

Ordens Leben Adieu und Neuanfang

Die Zeit in Koblenz, in der Erwartung der „Päpstlichen Dispens" (Ausnahmebewilligung) aus Rom, zum Austreten aus dem Orden, stand im Zeichen der Hoffnung und doch auch etwas Wehmut und einer, bis dahin nicht gekannten, gewissen Furcht vor einem Neubeginn. Diese war schon berechtigt... ich befand mich in der „Mitte des Lebens", denn ich war schon 40 Jahre alt und hatte, bis dato, zurückblickend auf mein Leben, mein Lebensziel noch nicht erreicht. Die Frage taucht hier mit Vehemenz auf, habe ich überhaupt ein Lebensziel? Habe ich schon einmal ein Lebensziel gehabt? Die Antwort im engeren Sinne... „Nein". Ich habe gelebt, gesucht und getan, was mir gerade richtig vorkam, ohne mich oft zu hinterfragen. Ich war und bin immer noch Nonkonformist, und deswegen in der Lage zu verstehen und zu sehen, was vor sich geht, was mir zusagt. Veränderungen gehören zum Leben, genau so wie Glück und Zufall sich zusammen vereinen zu Entscheidungen, die mir nicht direkt plausibel erscheinen. Beim neuen Lebensabschnitt in der Mitte des Lebens, kommen natürlich Fragen wie... ist das richtig, was ich tue? Sollte ich lieber Ordensbruder bleiben? Bin ich der „Abtrünnige Bruder" geworden? Solche oder ähnliche Fragen waren oft im meinem Kopf, die mich teilweise in Verwirrung brachten. Ich war mit mehr Fragen als Antworten voll, und so verdrängte ich es. Was mich mehr beschäftige am Anfang, waren Fragen, die mit der Praxis und dem Organisieren meines Lebens draußen, in der zivilen Welt, einhergingen. Wohnung suchen und mieten, Arbeit suchen, Konto bei einer Bank eröffnen, ... Deshalb war ich ständig unterwegs ohne viel Zeit zum Nachdenken. Lustig fand ich, ein Konto zu eröffnen bei der Sparkasse in Bendorf, denn der Sachbearbeiter konnte es nicht fassen, dass es Personen gibt, die gar kein Konto in einer Bank haben. Ich wurde angeschaut, als käme ich aus einer anderen Welt....wobei dies ja gar nicht so falsch war!

Nicht nur er stellte noch mehr Fragen, sondern glaubte einen Depp vor sich zu haben, obwohl ich ihm erklärte hatte, dass als

Ordensbruder mit Gelübde der Armut, ich gar kein Konto haben durfte und nur Taschengeld zur Verfügung erhielt. Mit Mühe und Not und einer Engelsgeduld bekam ich doch ein Konto, jedoch die ersten 6 Monate keine Geldausgabe am Geldautomat, denn ich war nicht ganz glaubwürdig, trotz meines nachgewiesenen Verdienstes im Bendorfer Krankenhaus.

Die Antwort auf meine, Frage, ob ich das Richtige tue? ... kam spät mit der Erkenntnis... „Du bekommst im Leben nicht immer was Du wünschst, aber das was Du brauchst". Bei jeder „Krise" und Änderung lässt du Altes los und machst Platz für etwas Neues. So habe ich es zu mir gesagt, es gespürt und erlebt und zwar in dem Moment, als ich Gisela begegnete und mich verliebte, damals in Koblenz.

An dieser Stelle bedanke ich mich bei all meinen Helfern, guten Kollegen & Kolleginnen und Freunden, die mich mit Rat und Tat begleitet haben, bei den ersten Schritten in ein „Normales Leben" draußen, außerhalb des Klosters.

Ich kam mir in der Tat vor, wie ein Entlassener zur Wiedereingliederung in die Gesellschaft... ohne Wohnung, ohne Arbeit, ohne tragfähige Bindungen, ohne Erfahrung im Umgang mit Behörden und manchmal überfordert. Ich war 12 Jahre Ordensbruder und manches war mir fremd geworden, denn im Kloster hatten wir alles, was zum Leben gebraucht wurde, sozusagen ... es war alles parat, ich musste nur fragen, kaufen und zugreifen. Auf gut deutsch, im Orden war ich rundum versorgt, brauchte mir keine Gedanken zu machen oder mit den alltäglichen Fragen zu beschäftigen. Genau das hat mich in den ersten Jahren Zeit und Arbeit gekostet, aber ich hatte, wie erwähnt, gute Helfer, die Anweisung und praktische Lebenshilfe brachten. Wie die Kollegin Manuela, die ich bat, mich im Haushalt zu beraten, notwendige Dinge zu besorgen und mit mir in die Metro einkaufen zu gehen. Sie war so nett und verständnisvoll und mit Engelsgeduld holte sie etwas, erklärte mir wofür und legte es in den Warenkorb. Nach circa 3 Stunden hatte ich einen schweren, bis einen halben Meter hohen, vollen Warenkorbwagen zu schieben.

Ich fand eine Arbeit als examinierter Krankenpfleger im Krankenhaus Bendorf auf der „Inneren Abteilung", so wie auch eine kleine, teilweise möblierte Wohnung in einem Stadtteil von Bendorf. Interessant war beim Bewerbungsgespräch mit der Oberin des Krankenhauses, denn sie hat meinen Lebenslauf, circa 2 Seiten Din A4, sehr aufmerksam gelesen, dass sie mich fragte, ob ich dies alles wirklich getan hätte?... so ein bewegtes Leben sei ihr noch nicht begegnet. Sie wollte von mir wissen, welche Rolle Gott in meinem Leben spielt. Ich antwortete ihr... „Gott war da, in Form von meiner „Inneren Stimme", hat mir „meine" Wege gezeigt, gegeben was ich brauchte und dennoch keine Rolle gespielt ... „Er" ist der Regisseur. Sie schaute mich ernst an ... ja, so ist es, Gott ist der Welt-Spielleiter und wir die Akteure.

Von der Ordensverwaltung bekam ich die nötige Hilfe für den Start in ein neues Leben, Geld zum Kaufen von Haushaltsartikeln, einen Fernseher, eine Waschmaschine und so weiter. Für meine Mobilität einen gebrauchten VW Golf, etwas Taschengeld zum Leben bis der erste Lohn kam und um das Konto bei der Sparkasse zu eröffnen. So materiell ausgestattet, mit Mut und Zuversicht und hoch motiviert, fing ich meinen neuen Lebensabschnitt in der Stadt Bendorf an. Freunde und Bekannte hatte ich noch aus dem Kollegenkreis „und der Rest", sagte ich zu mir, ... werde ich sehen, wie sich alles entwickelt, ich lass mich überraschen".

Mit meinem Glauben als Christ war ich in meiner Beziehung zu Gott auf Pause und Distanz, um zu verstehen, was passiert war. Meine religiöse Erziehung, von Eltern mit Strenge in religiöser Haltung und Wahrung erzogen, haben mich geprägt und in meinem Leben begleitet. Doch die Vernunft war ständig mit Argumenten dagegen, so gab es in mir einen Kampf, ohne Stellung zu beziehen, für oder gegen die Kirche als Institution. Meine Absicht war, aus dem, was im Verstand durch Beobachtung und Erfahrung in mir und um mich herum geschah, die Geschichte, Sachverhalte und Zusammenhänge in der Welt durch Schlussfolgerung herzustellen, deren Bedeutung zu erkennen, und danach zu handeln. Hier versuche ich wiederzugeben, wie mein damaliger Seelenzustand war. Der Glaube kann sich verändern und trotzdem bleiben, und die Frage stellt sich, „Glauben wir nur, was wir sehen oder sehen wir nur das, was wir glauben?" Ich denke, es hat etwas von Beidem. Vermutlich denken auch so die meisten Nicht - Kirchgänger, und die sind immerhin ein großer Teil der Glaubenden in Europa. Ich muss gestehen, dass das, was ich heute noch bin, vermutlich ein Agnostiker ist. Und trotzdem glaube ich an Gott, an Zufälle und personale Erfahrungen, die zwischen Himmel und Erde geschehen, und die nicht mit Wissenschaft zu fassen und zu erklären sind.

So ungefähr, hat auch schon ein Mönch, Theologe, Abt Notker Wolf, in seinem neusten Buch darüber geschrieben, und er ist für mich der Theologe des Hier und Jetzt, mit Durchblick. Er weist den glaubenden Menschen mit Alltagshilfen und durch Erzählungen einen Weg.

Auf die Frage … „gib es einen Gott?" … lautet meine Antwort … „Ich weiß es nicht". Ja, ich der Mensch und Rationalist, bewusst oder unbewusst, trage „den Zweifel" an der Existenz Gottes in mir, der genau so alt wie die Welt und der Glaube. Und ich vermute, dass der heutige Durchschnitts-Christ, hier ist einer gemeint, der glaubt, aber nicht immer Kirchgänger ist, nur ab und zu am Kirchenleben teilnimmt, der noch glaubt, in seiner Grundhaltung aber mehr oder weniger unbewusster Agnostiker ist.

Außerdem ist meine Meinung „Religion ist Privatsache" und wird so verstanden und gelebt besonders von den „Distanzierten Christen". Das Thema ist aktueller denn je, beschäftig mich, aber darüber zu reden oder zu schreiben an dieser Stelle würde zu weit führen. Eins steht fest: jeder Mensch glaubt an irgendetwas oder irgendwen.

Gut, dass es Religionsfreiheit gibt, ein Gut, im Grundgesetz verankert, garantiert das Grundrecht, auch in unserem sehr christlich geprägten Deutschland und im Abendland. Wobei, wie wir wissen, ein Grundrecht kann kollidieren mit anderen Grundrechten, es nennt sich „Normenkollision". Der Begriff beruht auf den

Normen und dem Erhalten der Werte, die von Mensch zu Mensch anders sind. Dies kann Konflikte hervorrufen. Siehe Religionskonflikte/-kriege in der ganzen Welt. Vielleicht kommt aus einer „Goldenen Regel" etwas Hilfe, um Normenkollision zu vermeiden. Die Praxis der Ethik sagt ... „behandle andere so, wie du von ihnen behandelt werden willst". In negativer Form ... „Was du nicht willst, das man dir tu', das füge auch keinem andern zu". Ob das zum Glück führt und zum besseren Glauben, mit oder ohne Umwege, ist noch nicht bekannt. Sicher ist nur, dass der Spruch in „jeder Religion" zu finden ist, mit anderen Worten aber gleichem Sinn. Das kennt bestimmt jeder, der etwas spruchfest ist und sittlich korrekt und „stuben rein" sein möchte.

Der Exkurs über die Weltanschauung bringt uns nicht entschieden weiter. Die Globalisierung ist wichtig für die momentane Lage des Abendlandes ... Es ist egal was kommt (Krieg, Krisen, Deflation...) „Einfach loslassen" ... nicht fest halten ... neue Wege gehen ... sich selbst lieben (selbst wissen, wie steht es bei mir, bei uns) ... und dann Nächstenliebe, versuchen die Probleme beim anderen und mit dem anderen zu lösen.

Die Lektion und das Schlusswort aus Buddhas Lehre, sowie eines italienischen Stoikers ... „Das beste Gebet ist Geduld"

März/April 2015 - 1 Jahr nach Giselas Tod

Es ist Ende März 2015, Gisela ist schon 1 Jahr tot. Es kommt mir vor, als wäre sie erst gestern oder vorgestern von uns weggegangen, besser gesagt und so empfinde ich, als wäre sie mir weggenommen worden. Ich habe das Gefühl, die 21 Jahre mit Gisela waren ein Traum, zwar ein schöner aber von viel zu kurzer Dauer. Die Wunde und den Schmerz spüre ich hin und wieder heute noch, als wäre es gerade erst passiert. Ich spüre es wie einen Dolchstich, ein Schmerz in meiner Seite, in meinem Herzen, und versteinert sitze ich immer noch da ihre Hand haltend, ohne die Kraft zu weinen.

Wie ich schon beschrieben habe, die Wirklichkeit des Verlustes von Gisela habe ich akzeptiert, so wie auch in der veränderten Welt zu leben, ohne sie. So habe ich die erste und zweite Phase absolviert! Und trotzdem frage ich mich ...warum habe ich dann Wundheilungsstörungen?

Es ist Melancholie, es erscheint alles im Dunkel, gleichzeitig legt sich auf meine Seele ein feiner grauer Schleier, der alles in einem traurigen Licht erscheinen lässt. Und ich bin in dieser Zeit wie ausgeliefert, ohne die Kraft mich zu wehren. Das spielt sich in meinem Geist, in meinen Erinnerungen ab, es ist verrückt ... wortwörtlich, das Gewesene und Erlebte wird in meinem Gedächtnis verrückt, hin und her bewegt, die Bilder tauchen in mir vor meinem geistigen Auge auf. Vielleicht ist meine Aufgabe, Gisela einen neuen Platz zuzuweisen. Sie ist in meinem Herz, wie ein Engel begleitet sie mich mit Unterhaltung, ich führe Zwiegespräche mit ihr und keinen Monolog. Die Erinnerung kann und will ich nicht auslöschen, jedoch abschwächen, damit mein Denken und Handeln nur noch positiv beherrscht werden. Mein Trick dabei ... denken an die vielen „Schönen Momente", die wir gemeinsam hatten. Wie ein Mosaik fügen sich die einzelnen Bilder zu einem gesamten Film, der Titel ... Wir, die „Koblenzerin und der Italiener". Sicher Trauer und Wehmut wird den

Rest des Lebens mich begleiten, aber positiv ist die Art der Entwicklung … als freudiges Ereignis betrachtend, wie ein Juwel mit wunderbarer Lichtreflexion, das mich zum Bewundern hinreißt.

Jedoch das Leben geht weiter, denn es ändert sich immer etwas im Leben. Das ist die einzige Konstante in der Welt, es ändert sich immer etwas. Ich ändere mich auch, denn ich bin zurzeit noch auf der Suche nach meinem „Ich" und eventuell einer Partnerin. Die Zeit für diese Aufgabe werde ich auch noch bekommen. In zwei Monaten trete ich in den Ruhestand ein und sage zu mir … halb im Spaß und halb im Ernst... „Jetzt geht das Leben richtig los".

Wir, Oliver und Giselas Schwester Renate, verabredeten und besuchten das Grab gemeinsam zum 1. Jahrgedächtnis, zum Gebet und stillem Gedenken. Danach gingen wir Kaffee trinken und unterhielten uns über das vergangene Jahr. Es fielen Sätze wie … vor einem Jahr … war das und das. Die Lücke ist da, das erste Jahr war ein Funktionieren in einem schmerzhaften Betäubungszustand. Es tat furchtbar weh, aber ich wusste, woran ich war - mit der Trauer und mit mir.

Es war eine Form von Stabilität. Immerhin. Interessant, merkwürdig und denkwürdig, jedoch verständlich, das Gespräch zwischen meiner Frau und Renate, ihrer Schwester, kurz vor dem Tod, das mir berichtet wurde. Die Quintessenz ist kurz formuliert … „Leonardo, was macht er allein, wenn ich sterbe, hoffentlich kommt er zurecht!" Das beweist, wie gut Gisela mich kannte und mir gleichzeitig den Segen für die Suche nach einer neuen Partnerin gab, eben, damit ich nicht in der Vereinsamung lande. Edles, vorausschauendes und von Liebe geprägtes Denken, das war ohne Zweifel die Person, meine Frau Gisela.

Es fiel noch ein Wort … die Gedenktage, feiern oder entmachten. Jeder denkt anders und ich im Moment denke gar nichts … Leere.

Nicht mehr das, was hinter mir liegt ist jetzt zu verkraften, sondern das, was vor mir liegt, ist zu bewältigen.

Was habe ich gelernt? ...das bringt am Besten ein Spruch eines buddhistischen Mönchs aus Fernost zum Ausdruck. Die Meditation über diese Worte hat mir die Augen und das Herz geöffnet und Trost gespendet. Der Spruch lautet ... „Trauer bringt Tiefe. Freude bringt Höhe. Trauer bringt Wurzeln. Freude bringt Äste. Freude ist wie ein Baum, der sich dem Himmel entgegenstreckt und Trauer ist wie die Wurzeln, die in das Erdinnere hineinwachsen. Beides wird benötigt – je höher ein Baum wächst, desto tiefer verwurzelt er sich in der der Erde. So wird die Balance aufrechterhalten". (Osho)

Die Balance zwischen Freude und Trauer und dem, was da noch in der Mitte passiert, das Verinnerlichen des Lebens, das Wesentliche, um leicht und unbeschwert zu leben. In anderen Worten ... „Gelassenheit" das wünsche ich mir und meinen Mitmenschen mehr im Alltag besonders nach so einer Zeit der Trauer-Bewältigung. Ich bin fast krank geworden, ohne es direkt zu merken. Tatsächlich bin ich in Behandlung, die Hormone etwas niedrig und durcheinander, nichts, woran man stirbt, doch der Stress und das Älter - werden hat ein paar Spuren in meinem „Geist" und Körper hinterlassen.

Also sage ich zu mir ... „Leonardo, weiter machen ... lebe das Leben, genieße die Zeit ... den Augenblick ... das Leben ist ein Geschenk"

Musik - Flamenco - Magie der „Noche Espagnola"

Als meine nette und gute Freundin Jutta anrief und sagte ... Leonardo, ich habe 2 Karten für eine „Noche Espagnola", Flamenco und Tanz im Dialog, gehst du mit? Spontan sagte ich Ja dazu, denn ich möchte wieder langsam aber sicher an Kultur und überhaupt an Gesellschaftsereignissen teilnehmen. Mit dem Einsiedler-Dasein muss jetzt Schluss sein. Jutta kennt mich und meine Spanischkenntnisse, und da ich Südamerika und Spanien von früheren Dienstreisen noch gut in Erinnerung habe, kann ich eintauchen in die Welt, in der die Leidenschaft besungen, getanzt und rezitiert wird, mit expressiver Form zu erkennen und zu spüren an der Anmut und dem Feuer der Flamenco - Tänzerin. Also sagte ich zu mir ... „Leonardo lass dich überraschen von Spaniens Leidenschaft und Lyrik und der Musik eines virtuosen Künstlers, in einer alten Abteikirche, ich werde dann abtauchen und genießen".

Und dann meine Begleitung, Jutta, in einem türkisfarbenen luftigen Abendkleid mit Spaghettiträgern, mit einer Hochsteckfrisur, wie sie Ballerinas tragen und eine schwarze Lack-Tasche. Ich war beeindruckt, sie hatte sich wirklich schick gemacht. Ich sportlich-elegant mit schwarzer Hose und hellbeigem Polohemd, irgendwie passend für diese Abendveranstaltung.

Es war ziemlich warm an diesem Abend, etwa 34 Grad. In der Kirche der Abtei Rommersdorf die alte, bis zu einem Meter dicke Mauern hat, war es angenehm kühl und so konnten wir einen fast kühlen Körper und Kopf beim Zuhören behalten. Die meisten Zuhörer, Musikliebhaber der Szene, waren wie in Trance und sind so mitgegangen und involviert gewesen, dass der Rhythmus mit Füssen und Händen im Takt an unseren Sitzen zu spüren war. Ich wurde dabei auch innerlich visuell beschenkt, denn ich hatte ehrwürdige Steine vor mir, die mir so bildlich eine Geschichte erzählt haben. Ich sah Mönche singend bei der gregorianischen Vesper, danach tauchten Ritter auf der Suche nach dem Heiligen

Gral auf und dann die Inquisition mit einem brennenden schreienden Ketzer... vielleicht ich ... in der Projektion, und plötzlich war ich wieder in der Gegenwart, in der „Noche Espagnola", und ich sah die anmutige feurige andalusische Tänzerin. Sie hatte uns verzaubert mit ihrem Tanz, dem Flamenco und erzählte durch ihn vom Charakter, dem Temperament und der Lebenseinstellung der Menschen aus dem Süden Spaniens. Flamenco ist Gesang, Gitarre und Tanz, ein Wechselspiel und wird durch den Klang der speziellen Schuhe im Rhythmus mit der Gitarre betont. Die Tanzkleidung mit besonderem Schnitt und Aussehen, widerspiegelt eine Tradition und Mischung der Kulturen, die in Spanien ansässig waren. Mir wurde klar, Flamenco ist kein schwebender Tanz nach oben in die Luft ... nein ... das ist ein „erdverbundener Tanz", in dem Ästhetik aus Armen, Händen und Füssen und der Blickrichtung ihren Ausdruck findet. In der Pause begab ich mich mit Jutta in einen Gedankenaustausch. Sie strahlte begeistert und war hingerissen von den Künstlern, die sie auch persönlich kennt. Atemberaubende und sinnbetörende Darbietung, das ist die Magie, so haben wir es empfunden. Das Publikum und wir haben die Künstler mit Applaus reich beschenkt.

Die Lesung der Lyrik war je nach Autor schwer verdaulich oder leicht, jedoch wurde der Sinn und manchmal Unsinn der Poesie, die Liebe und der Hass, die Leidenschaft, sowie Werden und Vergehen erfolgreich ausgedrückt. Da staunte ich nicht schlecht und habe innerlich gedacht ... „oh verdammt, schon wieder über Leidenschaft, Liebe und Tod, aber so ist das Leben" ... und für einen kurzen Moment verweilte ich in einer anderen Ebene, außerhalb der dicken Mauern, oben, da wo vieles passiert zwischen Himmel und Erde. Und dabei glaubte ich wieder für kurze Zeit, Gisela, meine verstorbene Frau, lächelnd und gütig auf mich herabsehend und sagend ... „Leonardo, mach weiter so, lebe wohl, gute Reise" ... „Ja, danke Gisela, mach´s gut". Das Leben ist eine Reise mit Anfang und Ende ... so lautet die Botschaft ... aber der Weg ist das Ziel.

Aber was für ein Ziel?

Plötzlich wurde ich durch feurigen und freudigen Applaus aus meiner Gedankenwelt zurück in die Gegenwart geholt. Ja, auch Jutta neben mir, mit strahlendem Gesicht sagte ... „Leonardo, der spielt Gitarre wie ein Gott" ... „Ja Jutta, stimmt"! So kam das Ende der Magie der „Noche Espagnola". Das Publikum war Feuer und Flamme, hitzig das Wetter und hitzig die Musik, eine gelungene tolle Darbietung, gefolgt von einem langen herzlichen Applaus.

Das war meine erste Teilnahme an Kultur, an Musik hören und nett begleitet von einer Kollegin und Freundin. Das war die Premiere nach dem Ableben von meiner Gisela.

„Hut ab Leonardo, die Reise beginnt, der Ruhestand kommt"

Juni 2015 Ruhestand - Zeit zum Neuanfang

Ich bin im April 63 alt geworden, die Vorfreude und das Warten auf den Ruhestand hat mir schon Glücksgefühle gebracht... das ist die neue Zeit... die gehe ich ohne Stress, jedoch mit ein paar Erwartungen, an.

Aus lauter Freude habe ich manchmal bei meiner Dienstfahrt einfach laut den Satz gesagt: „Wie schön, bald bin ich in Rente und habe endlich Zeit für mich." Dabei wurde der Schüler oder die Schülerin, die mit mir unterwegs waren, von dieser Freude auch angesteckt und haben sich mit mir darüber unterhalten, sich gleichzeitig auch gefreut und es mir gegönnt. Die Vorfreude kam mir vor, wie vor dem Urlaub, nur ich habe keinen genauen Plan, nur so eine grobe Vorstellung - viel Reisen, Lesen, Schreiben, weiter lernen und und und.

Ich muss zugeben, ich hatte selten die Gelegenheit in meinem alltäglichen Gebrauch das Wort „Ruhestand" oder „Vorruhestand" zu benutzen. Ehe das Wort „Rente" mehr in meinem Vokabular vorkam, hatte ich diese zu beantragen. Dazu musste ich mich beraten lassen und eine Menge Papiere zum Sachbearbeiter schleppen und sie prüfen lassen, damit der Antrag sachgemäß den Vorschriften läuft und seinen Weg findet. Das ging sehr schleppend, dank des „Heiligen Bürokratius", welcher in Italien lebt. Dort sind sie geübt darin Akten zu stapeln, Wartezeiten einzubauen und mit Akribie einzusetzen.

Im Duden steht über Ruhestand: „Ruhestand bezeichnet den Zustand, in dem sich eine Person nach dem Ende der Lebensarbeitszeit befindet. Dieser Status wird durch das Ausscheiden aus dem Arbeitsleben insbesondere im Alter erlangt und kann im Ehren- oder Berufstitel mit der Abkürzung i. R. („im Ruhestand") versehen werden".

Toll und schön erklärt, nur das Wort „Ausscheiden" klingt wie

„Aussondern" oder „Entfernen". Warum? Bei diesen Ausdrücken stelle ich mir bildlich vor - nach getaner Arbeit würde man mich plötzlich in eine Ecke stellen und in Ruhe auf den „Bruder Tod" wartend. Als ich das dachte, lief mir ein eiskalter Schauer über den Rücken. Gänsehaut! Mir graut es... ach herrje Leonardo, so darf es nicht passieren, oder? Diese Gedanken im Kopf begleiteten mich einige Zeit, bevor ich in die Rente ging. Niemandem habe ich davon erzählt, nicht mal erwähnt, ich hatte es nur im meinen Kopf. Aber ich hatte auch positive Gedanken, die Vorfreude zum Vorruhestand nach getaner Arbeit. Mit diesen zwei Gedanken - positiv und negativ - habe ich meine letzte Arbeitszeit geteilt, mit Ungleichgewicht in einer Umlaufbahn mit einigen Konstellationen. Astronomisch bildlich zu erklären: Ich die Sonne, die anderen Planeten und Mond und ihre Stellung zueinander, die Gesamtsituation, die sich aus dem Zusammentreffen bestimmter Umstände oder Zufälle ergibt. Ja, das klingt zunächst verwirrend, komisch, und nicht real, aber nicht für einen Mann wie mich, der mit Phantasie die Zusammenhänge der Welt anschaut, beobachtet und erkennt. Es ist von Vorteil so zu sein, meine Phantasie als Wahrnehmung, meine kreative Fähigkeit mit dem Bildhaften Verknüpfungen zwischen Erinnerungsbildern und Vorstellungsbildern herzustellen und daraus Ideen zu beziehen.

Bei mir ist die Vorfreude unbewusst belastet durch den frühen Tod von meiner Frau. Wir wollten gemeinsam die Ruhestandszeit leben, das war der Plan. Also muss ich jetzt umdenken, „Plan B", vielleicht eine neue Partnerin, aber die Suche gestaltet sich auch nicht so einfach, und überhaupt, ob ich das wirklich will, die Frage taucht oft wie ein Blitz in meinem Kopf auf. Aber das ist eine Parallel-Geschichte im Heute und ich verweise auf meine Gedanken über „Für ein wenig Zuneigung Gefühle kennen keine Altersgrenzen".

In meinem letzten Monat in der Arbeit bekam ich starke Arm- und Schulterschmerzen und musste regelmäßig zur Behandlung mit manueller Mobilisation und Krankengymnastik. Dort bekam ich von anderen Mitpatienten und auch den Therapeuten ein paar interessante Antworten. Auf die Frage... „Ich werde bald Rentner, wie sieht das aus, was soll ich tun?" bekam ich von schon erprobten Rentnern folgende Antworten: 1. „Es gibt zwei Sorten von Rentner, die einen haben keine Zeit, sie haben zu viele Termine und hetzen und die anderen haben immer Zeit, das sind Faulenzer und schieben sich und die Zeit in die Warteposition..." 2. „Der Tag muss strukturiert werde, damit hat man Freude. Suchen sie sich eine Tätigkeit oder übernehmen sie ein Ehrenamt, dann fühlen sie sich noch gebraucht und werden zufrieden sein." So weit so gut, in der Tat, im nach hinein haben beide Antworten Wahrheit und Gültigkeit. Ich allerdings, befinde mich im Moment noch in der ersten Phase des Genießens, die unmittelbar beim Renteneintritt Einzug gehalten hat und eine gewisse Zeit bleibt. Mit anderen Worten... ich liege im Bett und brauche keinen Wecker zu stellen, kann ausgedehnt frühstücken mit der Zeitung als Lektüre, danach auf dem Balkon und vor dem Eingang Blumen gießen und beobachten, was sich beim Nachbarn tut, danach persönliche Pflege, Küche aufräumen, im Smartphone Termine, Kalender, Mails checken, Computer an und Planung der nächsten Aktivitäten, ohne den Druck etwas leisten zu müssen. Das ist es - Ruhestand, ein wunderbares „Nichts tun", und keine Angst ertappt zu werden. Mein Zeitvertreib ist die Zeit vergehen lassen, sich und die alltägliche Zeit lassen und manchmal Zeit verlieren ohne Reue. Die zweite Phase, Aktivierung, wird sicher kommen, nach meinem ersten Urlaub in meiner Heimat Salerno.

Für August habe ich geplant meinen Geburtsort, wo ich aufgewachsen bin, kurzum die Schauplätze, die mir etwas bedeuten, zu besuchen und mit meinem Lieblingsbruder, in Nostalgie zu schwelgen und auch neu zu entdecken.

Als sehr gut, sinnvoll und schön finde ich den gegenseitigen Vorschlag meiner Kollegen und mir, dass wir weiter in Kontakt bleiben und ihn pflegen, denn sie waren und sind für mich mehr. Zwischen uns ist eine gewisse Freundschaft entstanden, die über die Jahre gewachsen ist, quasi unbemerkt und als Selbstverständlichkeit heute da ist. Ich habe zwei Hochzeitseinladung erhalten, die beiden Kolleginnen heiraten noch dieses Jahr. Ich werde gerne teilnehmen, denn ich fühle mich geehrt, mitzufeiern die „Hohe Zeit", der Beginn einer neuen Lebensphase und sie hat eine Basis wie bei der Freundschaft - tiefes Vertrauen.

Bei meinen Besuchen im Büro merke ich, wie freundlich die Begrüßung und Begegnung, sowie der Austausch, der Geben und Nehmen beinhaltet, ist und als Nahrung für Körper und Seele dient. Davon lebt die Freundschaft. Den vertrauten Menschen gegenüber zu sitzen oder zu stehen... Ich genieße diese Augenblicke der guten Gefühle, es vertreibt die traurigen und es bleibt in mir als Geschenk. Das ist, was ich in der letzten Zeit gelernt habe... die Wahrnehmung der Emotionen und Gefühle beim Entstehen zu bemerken und bevor ich reagiere mehr Beachtung zu schenken. Und nicht, wie es mir früher schon mal passiert ist, Aktion folgt gleich als Reaktion. Nein, das ist zu trivial und führt fast immer zum Unglück.

Hier sei gesagt... Glück ist nicht das Gegenteil von Unglück.

Ich gehe mit offenen Augen, aufmerksam sehe und beobachte ich und bekomme nicht nur Anreize für meinen Geist, sondern auch zum Schreiben, dabei betreibe ich auch „Sturzprofilaxe" in zweierlei Hinsicht... materiell auf Stolpersteine oder Unebenheiten auf dem Weg zu achten und zu vermeiden, dass ich in finanzielle Fallen tappe und ins Straucheln gerate. ... geistig, als geistig anwesend und nicht abwesend zu sein, denn auch hier lauern Stolpersteine in Form von Trauer, Wut, schlechter Laune, Streit sowie Begegnungen mit Negativem wie Antipathie, Vorurteilen, Eifersucht, Neid, Egoismus...

Es leuchtet mir ein, wenn ich geistig abwesend bin, dann bin ich sowieso wo anders, weg, stehe ich mir selber im Weg, im Hier und Heute.

Das Resümee... trotz einiger Lebensphasen mit Neubeginn, habe ich eine positive Startsituation... eine Eigentumswohnung, bin im Ruhestand mit „normalem" Wohlstand und Wohlbefinden. Salopp ausgedrückt - ich bin versorgt. So drückte sich auch Renate, die Schwester von Gisela, wohlwollend und realistisch aus.

Also mir fehlt es an nichts und Glück stellt sich irgendwann ein. Zurzeit lebe ich noch ein wenig zurückgezogen. Meine Perspektive wie es weitergeht, was ich tun soll?

Vorgestern, als ich in der Abtei Maria Laach saß und im Stillen nachdachte, blickte ich auf Jesus Pantokrator (den Weltenherrscher) in der Kuppel, kam eine Antwort: „Du Interessierst dich für Heute und die Zukunft und möchtest den Rest deines Lebens in der Gegenwart verbringen. Halte nicht fest an der Vergangenheit, loslassen und Gelassenheit, dann werden sich Situationen und Probleme lösen".

Die Welt, das Leben - eine Bühne - wir sind die Akteure - Gott der Regisseur.

Winter 2015 - Ordnung in mein Leben bringen

Ordnung bringen auf Italienisch „mettere in ordine"... die Aussage kommt mir so trocken, so teutonisch vor und bringt etwas von der frühen preußischen Erziehung hervor. Eine Haltung und Ausdruck der viel sagt und jeder auf Anhieb versteht. Nur bei manchem „Unordentlichen" fällt dieser Satz nicht ins Gewicht. Es kam mir in den Sinn während meines Heimaturlaubs in Salerno.

Noch ist es Advent aber bald schon Weihnachtszeit, Zeit der Besinnung. Ich hatte mir viel Zeit genommen, um mir über mich klar zu werden. Wie steht es mit mir zurzeit? Natürlich nicht so gut... ich will leben, bin aber gebremst und fühle mich körperlich und geistig wie ein Krüppel. Dann taucht die nächste Frage auf... Wie soll es weiter gehen mit mir? Wie gestalte ich mein Leben, trotz Schmerz und Verlust, wenn bei mir, mit einem Trauma belasteten Menschen, nicht die Kampfreaktion, sondern die Ohnmachtserfahrung oft im Vordergrund steht?

Die Antwort auf diese Fragen kam mir im lateinischen Spruch „Mens sana in corpore sana"... übersetzt... „ein gesunder Geist in einem gesunden Körper". Meine Person gesund und resilient werden lassen, das ist die Antwort und meine Aufgabe auf meine letzte heftige „Herbst Melancholie, als ich im Oktober und November außer Gefecht war, Kampfunfähig. So steht es im Duden geschrieben ... nach einem Niederschlag unfähig den Kampf weiter zu führen ... am Boden zerstört, wie beim Boxen nach einem k.o. Schlag. Genau so fühlte ich mich.

Ich neige nicht zu Melancholie, nein, es ist dieser Schicksalsschlag, der einen Optimisten und das Leben bejahenden Menschen zum Krüppel umformt und zur zeitweisen Trägheit und depressiven Verstimmung verdonnert.

Ich kam zurück aus dem Urlaub, Ende September und betrat meine leere Wohnung. Schon spürte ich, über meinem Kopf schwebte eine Vorahnung ... „Tristesse Stimmung", Einsamkeit, Verlustschmerz und Verlustangst geben sich die Hand und kündigen sich an. Ich nenne dies „Herbst Melancholie"... verstehen kann ich sie, billigen jedoch nicht, trotzdem habe ich diese Gefühle zugelassen. Verdrängen hilft nur manchmal und wenn, nur kurzfristig. Das ist auch keine gute Idee. Zulassen ... es ist die Strategie des Konterns und das Verarbeiten geht besser, mit minimalem Verlust und ich bleibe noch am Leben.

Meine Feststellung... „der Verlust-Schmerz ist noch zu groß"... wie ein Phantom-Schmerz bei einer Amputation. Das abgetrennte Glied ist nicht mehr sichtbar und doch spürst du, sogar im Detail, den Schmerz und der verhält sich nach dem Grad der Stärke der Verbindung. Um so größer und stärker die Verbindung und die Liebe zu Gisela, genau so proportional tritt der Verlust-Schmerz ein. In dieser Zeit leide ich sehr unter den immer wiederkehrenden Gedanken und es herrscht Unruhe in mir.

Es ist ein Zustand, vielleicht Angst, ich kann nicht genau sagen, was es ist, was ich nicht verstehen kann. Es ist nicht greifbar... nicht begreifbar. Ich mag nicht gehen, das ist zu anstrengend und ich bin lustlos. Nicht mal einkaufen wollte ich, obwohl es nötig war, aber nur von Luft leben? Achselzucken mit Wiederholung, es ist Ratlosigkeit... Gleichgültigkeit, ich stehe an der Grenze einer Depression. Ich muss essen und trinken. Ich mag mich nicht hinlegen zum Schlafen oder Ausruhen, denn ich weiß, ich müsste wieder aufstehen, und das mag ich auch nicht. Ich wandelte zwischen Couch und Arbeitszimmer und ab und zu in die Küche, um irgendetwas zu essen oder zu trinken. Soziale Kontakte waren minimal, telefonieren tat mir nicht gut, im Internet surfen ja... aber ohne wirkliches Interesse an der Umwelt. Ich besuche Giselas Grab... stehe da, wie ein begossener Pudel und bin dem Weinen nahe... ein Knoten im Hals, so dass ich nicht sprechen kann.

Tote Hose... Nada... Niente... Nichts... nur herumhängen... dahinvegetieren und die Zeit totschlagen... Zeit vergeuden.

Sobald mir das bewusstwird, schäme ich mich wie ein Todsünder, der schwer beladen von Schuld, nicht die Kraft aufbringt, zur Beichte zu gehen.

Das sind die zwei „Feinde" des glücklichen Seins - der Schmerz und das Nichtstun.

Sie gehören jedoch zum Mensch sein dazu und die Natur hat uns auch zwei Gegenmittel zur Verfügung gestellt - die Gelassenheit und unseren Verstand.

Nun, der „Geist" ist willig, aber das „Fleisch" ist schwach... so lautet der Bibelvers und dieser trifft auf mich zu.

Mein Arbeitspensum, das Nichtstun, ein Leerlauf der Zeit, wie Maschinen, die als Anlagen eine gewisse Anlaufzeit benötigen, bis alle Parameter die gewünschten Werte erreichen.

Parameter, ein guter Vergleich zwischen Maschine und Mensch, aber welche Parameter sind meine überhaupt? Wieder kommt zur Hilfe der alte Spruch „Mens sana in Corpore sana", hier drin sind zwei Parameter und die Deutung ...

Ordnung bringen in meinen Körper, um dann Ordnung in meinem Geist zu schaffen.

Ordnung bringen in meinem Geist, um dann Ordnung in meinem Körper zu schaffen.

Also meine ganze Person, Geist und Körper, muss ich in Ordnung bringen. Trauern ja, aber das Trauma darf nicht die Übermacht und das Kommando über mein Leben behalten.

Das ist die Aufgabe, von der Situation gestellt, jedoch mir selbstauferlegt von mir... so soll es sein. Ich will diszipliniert sein, Struktur rein bekommen in mein Leben. Früher war ich vielleicht besser dran, heute bin ich in einem anderen Status... Rentner, Witwer, habe viel Zeit, wovon andere träumen. Als „Positives" mache ich täglich einen „Zeit-Bummel" durch die Gedanken, mein Geist ist eine große Fundgrube, und ich reise mit Hilfe der Meditation. Die Erkenntnis kommt, weil ich nicht nur meditiere, sondern viel lese und im Internet recherchiere. Ein großer Beitrag... Hilfe und Ansporn... kommt von den wenigen Freunden, die mir zur Seite stehen. Ich erhalte eine Inspiration aus dem alten Spruch der Römer Zeit... „Halte die Regeln oder Ordnung und die Regel oder Ordnung wird dich halten." ... „Serva ordinem et ordo servabit te."

Dieser Spruch bringt die Erfahrung zum Ausdruck, dass menschliches Leben Struktur und Ordnung braucht. Das Gegenteil „Unordnung und Strukturlosigkeit" begünstigt die Wurzeln des menschlichen Übels, die so genannten „Todsünden". Aber „Todsünder" zu sein, so verlangt es die Lehre der katholischen Kirche, geht nur bei vollem Bewusstsein und das, ist bei mir nicht der Fall. Ich bin wie ausgeliefert, es überrollt mich wie eine Lawine ohne Warnung und ohne die Möglichkeit es zu vermeiden, oder rechtzeitig den Schutz zu finden... auszuweichen.

Es ist klar, Leben ist Auftrag, Wandel und Herausforderung im Hier und Heute und in der Not muss ich mir selbst auf die Sprünge helfen.

Nun ja, ich schmiede meinen Master Plan mit den Mitteln, die mir zur Verfügung stehen. Ich habe den Willen und die Entschlossenheit zur Durchführung habe ich auch. Als Hauptbegriff und ganz oben steht... „Positive Lebenseinstellung"... darunter meine drei durchdachten Verhaltensnormen...

1- „Optimist sein" - an die kleinen Dinge des Lebens heranzugehen und meinen Alltag fröhlicher zu gestalten, aber dabei natürlich und ich selbst zu bleiben!"

Im Duden wird Optimismus unter anderem als „heitere, zuversichtliche, lebensbejahende Grundhaltung" beschrieben. Dabei geht es längst nicht darum, zu allem Ja (und Amen) zu sagen! Optimismus zeichnet sich dadurch aus, positiv in die Zukunft zu sehen, ganz egal, ob es sich dabei um die nächste Stunde oder um die nächsten drei Jahre handelt.

2- „Die Haltung und Wahrung… los zu lassen" - ich neige dazu im Alltag zu verkrampfen und darum werde ich Yoga lernen sowie mehr Bewegung in meinen Alltag integrieren.

3- „Soziale Kontakte" wieder aufnehmen von bereits bestehenden und knüpfen von neuen Kontakten. Es ist mir bewusst, dass mein Einsiedler-Dasein mir und anderen nicht hilfreich ist, sogar auf Dauer negative Auswirkungen hat. Außerdem habe ich kapiert, draußen sind Menschen, die mich mögen und bereit sind, mir Leonardo, auf unterschiedliche Weise ihre Hilfe und Liebe zu geben. Ich denke an Freunde, Familie, Patenkind und sogar an Nachbarn und und und… Das Leben ist ein Geben und Nehmen und keiner kann sich davon befreien. Ich am Wenigsten.

Nun ist es Mitte Januar und ich habe schon die ersten Schritte meines neuen Master Plans umgesetzt. Meine positive Lebenseinstellung fließt mit mir und durch meinen Alltag und meine Begegnungen. Auch beim Yoga Kurs, es ist anstrengend für einen steifen Anfänger wie mich, bin ich aber mit Begeisterung dabei und spüre in meinem Körper den Wandel, der langsam aber sicher voranschreitet. Es ist gut, der Yoga Lehrer begleitet die Übungen geduldig und achtsam, schaut und korrigiert und lässt lächelnd seinen beseelten Buddhismus mit einfließen.

Gestern war bei „R.", der Oma von meinem Patenkind. Sie ist nur sechs Jahre älter als ich und bei Kaffee und Kuchen haben wir uns über drei Stunden in freundlich entspannter Atmosphäre unterhalten. Da wir uns über zwanzig Jahre kennen und lange nicht gesehen haben, was mein Verschulden war, konnten wir alles nachholen und ich bedankte mich für ihre Hilfe und Freundschaft und für ihre Pflege von Giselas Grab. Ich selbst habe kein Geschick und keinen „Grünen Daumen".

Zurzeit bin ich hoch motiviert, getragen von meinem gestärkten Selbstvertrauen, nähere ich mich anderen wieder an und lerne sie anzunehmen. Ich sage mir schon mal morgens vor dem Spiegel mit einem Lächeln etwas Nettes zu mir… „Leonardo, ich mag dich, du bist liebenswert". Es ist ein einfacher Trick, der hilft und nichts kostet. Zwischendurch erinnere ich mich mit weiteren positiven Gedanken und beobachte und bewundere, was in meiner Umgebung passiert.

Habe mit Karin telefoniert, um uns zu einem Wiedersehen zu verabreden, denn das macht Freude. Sie ist mir eine gute und liebenswerte Freundin, die mir mit Gesprächen zur Seite steht und mein Manuskript Korrektur liest und mit natürlicher sicherer weiblicher Hand meine etwas umständliche Schreibweise für mein späteres Buch entwirrt. Ich bin von ihrer Art fasziniert... selbstsicher und ruhig, kann und geht sie mit Worten und Begriffen gut um, so wie mit ihrer nicht immer einfachen Lebenssituation. Karin hat seit ihrer Geburt einen Gendefekt, der bereits in ihrer Kindheit als eine Muskelschwäche in Erscheinung trat, und das genau hat sie im Lauf ihres Lebens gestärkt und sehr widerstandsfähig gemacht. Eine hübsche, zierliche Figur, aber eine willensstarke Frau, die größer erscheint, als ihre 1,50 Meter, die sie ist. Diese Frau ist eine bemerkenswerte Person und Freundin, ein Mensch, der mich beeindruckt, berührt und begleitet, weil ich sie in irgendeiner Weise toll finde. Als wir uns kennenlernten und die Freundschaft mit einander knüpften, wussten wir nichts vom Leben des anderen. Eins weiß ich noch, die Empathie war vom ersten Augenblick da. Und heute denke ich, diese zufällige Begegnung hat sich für uns beide heute bezahlt gemacht, beide profitieren wir und unterstützen uns, wo es nur geht. Wir sind für einander da, ohne zu hinterfragen und so festigen wir das Vertrauen und die Beziehung.

Offenbar sind Karins und mein Altruismus-Gen (Selbstlosigkeit Gen) stärker als unser Ego-Gen und gewinnt an Terrain.

Egoismus macht einsam und erfüllt das Herz mit Kälte. Ich begegne Menschen an Orten, an denen ich mich wohl fühle, da verspüre ich Wärme und diese kommt vom Herz. Die Warmherzigkeit, die eigene Selbstlosigkeit, uns annehmen wie wir sind. Ich weiß genau, darauf kommt es an, auch wenn diese Warmherzigkeit in mancher schweren Stunde verschwindet oder vergessen wird. Es ist gut, dass es Warmherzigkeit gibt, denn die Zukunft, so sehe ich es, kann nur unter dem Zeichen von Altruismus überleben.

Mir geht es besser. Ich denke positiv. Und gehe achtsam durch die Welt. In gewisser Weise passe ich auf mich und andere auf.

Ich finde, jeder von uns ist auf seine Art einmalig, toll und liebenswert. Man trifft überall und jeden Tag solche Menschen, man muss nur offen sein für die Besonderheit eines jeden Menschen, sie sehen und erkennen und akzeptieren.

Ich will und werde es weiterhin tun!

Ihnen liebe Leser wünsche ich, dass dieses Buch über „Mein Leben" Sie zur Reflexion Ihres eigenen Lebens anregt und Ihnen den Mut und die Kraft vermittelt, jene Dinge Ihres Lebens zu ändern, die für Sie persönlich wichtig sind.

Herstellung und Verlag:
BoD - Books on Demand, Norderstedt
ISBN 978-3-7431-6664-6